「俺は——ただのカフェ店員さ」
「あなた……何者なのですか？」
カイトー
異世界から召喚された青年で、魔王を討った五英雄の一人。圧倒的な魔力を持ち、五人の中でも最も『火力』のある“大魔導師”。

「美味《おい》しそう！

あのボーイズラブときめき《BLT》サンド」

「随分特殊な服ですね。

可愛《かわい》いからいいですけど——

あなたの趣味嗜好《しこう》を軽蔑させて頂きます。

「ベーコンレタストマト《BLT》ね。

変なのにときめいてんじゃねえよ」

シューティア
やる気と剣術には自信のある新米騎士。剣の腕だけならば騎士団長クラスとまで言われた期待の新人だが、頭がよろしくない。

サンティー
カイトーのカフェで働く毒舌少女。カイトーの助手も務める。実は殺し屋。
ルリ
旅の商人で、定期的に遠い地の食材を仕入れてくれている。本名をカイトーになかなか覚えてもらえない。
「世界中のありとあらゆるドラゴンに炎を吐かれて確実に死ねばいいのに」
「やっほー。相変わらず暇そうねー」

「こ、こんな格好で……なきゃダメなの？」
「クソマスター。
六〇億匹のゾンビに全身を噛《か》まれて
確実に死ねばいいのに」

マスター、ご注文は殲滅魔法だそうです。

カフェのオーナー、実は王国最高の魔導師

木村心一

角川スニーカー文庫

21747

Contents

design work : AFTERGLOW
illustration : イセ川ヤスタカ

プロローグ　ヒロイんモノ

鼻唄を歌っていた。そう、俺は上機嫌だった。

まとまった金が急に入って、軽くローンを返済したあと、酒場で麦ジュースを飲んでいた。

アルコールじゃない。麦のジュースだ。

しゅわしゅわの泡が三割、小麦色の炭酸水が七割のジュース。

で、俺は飲み過ぎた。

トイレに行こうとしたが、トイレは使用中だった。

誰だか知らないが、やけに長く占領してやがる奴《やつ》がいる。

中で寝ちまってるのかもしれない。

仕方がないので店主に言うと、裏手でしてこいという。

小だから良かったものの、大ならどうするんだよ、と思いながらも裏手へ出た。

鼻唄を止《や》めた。というのも、裏手に山積みされていたゴミ袋の上に、女が倒れていたからだ。

ノースリーブのロングコートのような服を着た女だった。

とりあえずその女に近づいてみた。

…………可愛《かわい》い。

十代後半にはいってないぐらいの顔立ち。それほど背は高くないが、すらりとしたモデル体型で――おっぱいは、結構大きい。乱れた長い髪。長いまつげ。化粧はしていない。

左の脇腹から血を流し、口からも血が流れていたであろう痕がある。

口からの血は乾いているが、腹の血は乾いていなかった。

放っておくと死んでしまいそうな気がするので、俺はうろ覚えの知識で応急処置を始めた。…………決して、この美少女の体に触りたかった訳ではない。

さあ、みんなで応急処置マニュアルを思い出そうっ！
一、安全確認。
この場所が、応急処置をするのに安全かどうかを確認する。

ゴミ袋があるぐらいで、道路の真ん中でもないし、倒壊する建物がある訳でもない。ここで処置しても問題ないと思う。よし、場所を移動しなくてもいいだろう。

人気の少ない場所だから、イヤらしいことが出来るかも！　なんて絶対に思っちゃいけないぞ！

二、意識の確認。
「大丈夫ですかー？」

肩に手を置いて、呼びかける。

反応無し。瞼《まぶた》も動かず体もピクリともしない。

ということは、触ってもバレないってことだな。——とか絶対思っちゃダメだぞ！
三、通報、ＡＥＤの手配。つまり、助けを呼ぶ。
「誰かーっ！　一一九番で救急車を呼べるもんなら呼んでみろっ！　そして近くにＡＥＤがあれば持ってこいっ！　あるならなっ！　ないだろっ！　ザマーミロっ！」

返事はない。

もう夜も遅いし、酒場はわいわいがやがやで俺の声が届く状況じゃない。

それに、俺の声が届いても意味は無い。

俺が今いるこの世界には、一一九番どころか電話すらなく、救急車どころか病院もなく、当然ＡＥＤなどあろうはずもないのだから。

誰もいない内に触っちゃおうかな……なんてことを考えるためじゃないからな！
四、呼吸の確認。
俺は命を救うという大義の下に、アゴをくいっと持ち上げて気道を確保。頬《ほお》を少女の口元に近づける。

頬には、うっすらと息が当たり、呼吸音も聞こえるし、大きめの胸は上下しているようだったが、それでも万が一、マジで万が一の確率で、もしかしたら呼吸が出来ていないかもしれない。

呼吸音、微妙と判断。

それではお待たせしました。
五、人工呼吸、心肺蘇生《そせい》でございます。
ディープキスの後におっぱいマッサージという言い方をしては絶対にダメだぞ！　名称は大事っ！

一度頬を離し、正座をして、両手を合わせる。

「よっしゃあああっ！　それでは、いただきます」

一礼し、再度アゴをくいっと上げ、気道を確保しつつ、唇を付ける…………

「何、してるんですか？」

俺の唇は、少女の掌《てのひら》に付いていた。

うっすらと開けられた目は、じとっと俺を見る。

「起きていたのか」

ぺいっと俺の顔を押しのけ、少女は上体を起こす。

腹の痛みに一度目を閉じたが、またすぐに開いて、俺を睨《にら》み付けた。

「あれだけうるさければ、冬眠中の熊でも起きますよ。——で、何を？」

俺のバカっ！　応急処置マニュアルなんか無視してさっさとディープ&おっぱいをやっておくべきだったんだ！　なんて思わず、みんなちゃんとマニュアルを覚えて、マニュアル通りにやりましょう。

「…………お前の命を救うための、応急処置だ」

俺は、がっかりしながら事実を話した。

「だったら、止血をお願い出来ますか？　何よりも」

腹部からは、まだ血が溢《あふ》れているようだった。

よっぽど深手なのだろう。

「今は……手で圧迫するしかないな。ちょっとウチ来いよ。救急箱あっから」

「救急箱？　とは何ですか？」

この世界の人間は、救急箱すら常備していないのを忘れていた。

「こういう怪我《けが》を治すために、常備しておく医療機材だ。縫合糸もあるから、傷口から血管まで縫ってやるよ」

「…………お願い、します」

　ぎろりと睨む目が鋭くなる。

「お願いしますって顔じゃなくないか？」

「いえ、初対面の印象が最悪過ぎる相手の家にお呼ばれする恐怖と不安が、全面に出てしまっただけです」

「……そんなに印象悪いか？」

「クソセクハラ野郎に好印象を持つ女がいるとでも？　街中の馬という馬に後頭部を蹴られて確実に死ねばいいのに」

「……いないだろうな。ま、イヤだと言ってもウチには来て貰《もら》うつもりだったが」

「どうして？」

「このまま放っておくと、お前は死んじまうだろうからな」

「……この傷は確かに深いけど、死ぬほどじゃない」

「お前、右足首を挫《くじ》いてるだろ？　そんな足と腹で『追っ手を振り切れる』のか？」

「……どうして、私が追われていると？」

「その腹の傷は刺し傷。それも、包丁やナイフじゃなく、剣による『突き』で出来た傷だ。そこの屋根が少し削れている。その足首は屋根から落ちたときにやっちまったんだろう。

逃げるときでもなけりゃ、屋根を走ろうとは思わない。追っ手を撒《ま》いたなら、目立つ屋根は走らないからな。つまり、殺されそうになって急いで逃げている途中だろう。——何をやって追われてるのかは分からんがな」

そう言いながら、俺は手を差し伸べる。少女は俺の手を取り、立ち上がった。

「あなた………何者なの？」

その質問を、俺は半年の間、待っていた。

だが、いざその時が来ると、緊張するな。

「俺の名はカイトー。——『探偵』さ」

これこれ。これを言いたくて俺は探偵業を始めたんだ。

きりっとした表情で、ばっしーっと、剛速球をど真ん中に放り込むかのように、清々《すがすが》しく言ってやった。

「………タンテイって、何ですか？」

って、なるよな。

そう、俺はこの世界で唯一、初めての探偵。

誰もまだ、探偵がなんなのか知らない状態で探偵業をスタートさせたんだ。

「探偵ってのは、なんつーかなー。依頼で不倫とか素行を調査したりだな。ペットを捜したり事件や悩みを解決する仕事だ」

俺は少女に肩を貸し、ゆっくりと歩いて行く。

ちょっと歩くだけでも痛むようで、少女は時々うめき声を上げていた。

「つまり、『魔導師』ってことですね」

そう、この世界には、探偵のような職業がある。それが――魔導師だった。

魔法で人々を導く師。と書いて魔導師。人々の悩み相談を受ける『何でも屋』だな。

「…………いや、そうじゃない。俺は魔導師を辞めたんだ」

「辞めた？」

「魔導師は確かに探偵のように、みんなの悩みを解決させる仕事だ。だが、その主な仕事は、モンスター退治だ」

「そりゃあ、そうでしょうね」

「俺は、もう『殺し』をしたくないんだよ。人はもちろん、モンスターでも、な。――で、魔導師の仕事から殺しの仕事を抜いたら、『探偵』になるなって気付いたんだ。だから、俺は魔導師じゃなく、探偵なのさ」

「黒い服着てるのに？」

「これはただの好みだよ。この世界に来る前からの、な」

「はあ……あなた、頭がおかしいとか、言われないですか？」

「言われねえよ！　心外だ！」

「今のこんな私より、よっぽど重症っぽいですよ。脳にクソでも詰まってるのかってぐらいに」

「えらい言い様だな、おい」

なんて話していると、俺の目の前に三人の男が現れた。

三人とも剣を構えて、今すぐにでも襲いかかってきそうだ。

「そこの女を引き渡せ。さもなくば、斬る」

まるで江戸時代の浪人のような格好と口調の男が、俺に切っ先を向ける。

あー、いやだいやだ。こういう展開は好きじゃない。

「……こいつに斬られたのか？」

と、少女に聞いてみる。

「いえ。……でも、彼らの目的は同じようですね」

「元カレとかでもなく？」

「タイプじゃないですから。あっ、あなたもですけど」

「何ごちゃごちゃ言ってんだこらぁ！」

ターバンを巻いた男が叫ぶ。

俺は右手を天にかざし、意識を集中させた。

すると、掌の上に野球ボールほどの大きさの火の玉が現れた。

「ファイアーボール？」

「その黒衣——魔導師か」

「おいおい、そんな低レベルの魔法で、俺たちをやろうってのかぁ？」

ターバンの男がけらけらと笑う。

だが、その笑い顔が、だんだんと強《こわ》ばっていった。

俺の掌の上で、火の玉がだんだん大きくなっていく。

すでに、スイカぐらいの大きさだ。

「おい、待て。分かった。話し合おう」

浪人のような男が焦り始めた頃、火の玉はバランスボールぐらいの大きさになっていた。

この大きさまで育つと、俺を斬っても火の玉が落ちてきて自分たちもやられてしまうと判断したんだろう。三人は腰が引けていた。

そのまま、俺は気球ほどの大きさにまでファイアーボールを大きくさせる。

辺りが昼間のように明るくなり、何事かと窓から顔を出す人間も現れた。

「うわあああっ！」

三人組は一目散に逃げていく。

それを見届けて、俺はファイアーボールを消した。

「投げつけないのですか？　せっかく作ったファイアーボールを——」

「言ったろ？　俺は殺しはしたくないんだよ。威嚇で逃げてくれるなら、それでいい」

「……やっぱり、あなた、何者なのですか？」

「俺は——ただのカフェ店員さ」

「……………………かふぇって、何ですか？」

って、なるよな。

第一章　サガ・シ・モノ

一年前、俺はこの世界にやってきた。

勘の良い人ならもう気付いているだろうが、俺は元々この世界に生を受けた訳じゃない。

普通のサラリーマンのお父さんと、スーパーでレジ打ちのパートをする普通のお母さんから生まれた、『皆藤《かいとう》　真二郎《しんじろう》』という普通の日本人だった。

両親が結婚記念日に旅行に出掛けて、旅行先で事故で死んで、意気消沈したまま挑んだ大学受験に失敗し、バイトの面接にも落ちて軽く人生を諦めた頃、この世界に呼ばれた。

呼ばれた理由は、『魔王を倒すため』。よくある理由だそうだ。

異世界からやってきた人間は、元々この世界にいる人間より強いということで、同じくこの世界に召喚された四人の仲間と共に、魔王を退治する旅を始めた。

一人目は何でも出来るリーダー。勇者っていうのはあいつのことを言うんだろう。

二人目は何でもばっさばっさ斬り伏せる剣士。

三人目は料理上手な癒《いや》し系《けい》魔女。

四人目はアホ。

そして俺。魔導師という役割をしていた。これでも『大魔導師』なんて持て囃《はや》されるぐらいには優秀だったと自負している。

何もなくなってしまった俺に与えられた、大きな仕事。

頼りにされることが嬉《うれ》しくて、俺は必死に魔導書を読み込んで、魔王を倒すための魔法を覚えていった。

炎でモンスターを焼き倒したり、雷でモンスターを焼き倒したり、氷をぶつけてモンスターを倒したり。

一番得意な魔法は『爆裂魔法』だった。

俺には、爆弾魔の才能があったということだろう。

そうさ。魔王を倒すという目的のために選ばれた俺には、破壊する才能があったんだ。

魔法って言うと、何でも出来るようなイメージがあったが、俺に出来ることは、ありとあらゆる方法で殺すことだけだった。

そして、半年ほど前に魔王を退治することに成功した。

魔王はこの世界の魔物を生み出す元凶だったが、魔王を退治しても魔物は消えなかった。

まあ、新しい魔物の種が生まれないというだけでも、倒す意味はあったろう。

目的を果たしたとき、勇者が言った。

「魔物がいなくなるまで戦い続けよう」

みんな、それに頷《うなず》いたが、俺は意を決して言った。

「もう、終わりにしよう。俺はこれ以上――殺したくない」

飽き飽きしていた。モチベーションを保てる気がしなかった。

何故《なぜ》かって？

終わりがないからさ。

魔王を退治するときとは、訳が違う。

魔王はいつも同じところにいて、歩けばその内辿《たど》り着けた。

だが、全ての魔物を駆逐する？

魔物だって毎日のように子を生む。全て駆逐するなんて、不可能だ。

世界中にいる虫や魚や動物の魔物を、たったの五人で全種絶滅させるなんて、考えただけで気が遠くなる作業だ。

だから、俺は『大魔導師』を辞めた。

剣士も魔女も、俺の意見に賛同し、それぞれ別の国へと旅立った。

あのとき俺が何も言わずに抜けていれば、少なくとも俺抜きの四人で旅を続けていたかもしれない。

あのときの寂しそうな勇者の顔は、忘れられない。

もしかしたら、魔物を駆逐するってのはただの口実で、五人でずっと一緒に旅をしたかっただけだったのかもしれない。

別れるときに一つ約束をした。


どこの国に行っても、その国に仕えようとはしないこと。


俺たちの誰かがどこかの国に仕えれば、パワーバランスが崩れて戦争になる。

そして、戦争になれば、きっと俺たちの誰かが対策として呼ばれて、戦うことになる。

だから、国には仕えないようにと約束した。

で――この街に来て早半年といったところか。

もう隅々までこの街のことは知っている。

「おい」

ここは、東の王都と呼ばれる場所。国の名前はエグドラシル。エグめのユグドラシルと覚えよう。

「おいこらー」

人口はおよそ二〇万人。最東端であるこの王都の東には、海しかない。北も海。西には険しい山々があり、南からしか攻められない難攻不落の王都だ。

「着替え、終わりましたよ」

そんなエグドラシルで、俺はカフェを経営している。

何故カフェにしたのかと問われれば、無かったからだと答えるしかない。

そう、この王都には、この世界には、カフェが一軒も無かったのだ。

「このゴミ野郎」

インテリアには拘《こだわ》っている。

カフェと言えばアンティーク。木製机と椅子。

「おーい、便所虫ー」

…………街の説明、ちょっと待ってて。

「サンティー。着替え終わったのか」

俺は背もたれにぐっと背中を押し付けるように座り直し、先日酒場の裏で拾ってきた少女『サンティーム・エスクード』へ顔を向けた。

あのあと、傷口を止血縫合して家に泊めた。

このカフェの二階には、俺の部屋の他に空き部屋が三つほどあったのだが、その一つが、このサンティーの部屋になっていた。

家具も何もない物置だったから、ベッドのある俺の部屋で寝ていいと言ったのだが――

『お断りします。――この変態野郎が』

などと言われ、布団と枕だけ渡した。

どうやら、俺が襲うと思ったんだろう。なんて勘の良い勘違いだ。

する気はないけど、あれだけ警戒されれば夜這《よば》いも出来ず、三日ほど一緒に暮らした。

と言っても、一階のカフェで飯を食う以外、ずっとサンティーは部屋に籠もっていた。

会話こそそれほどなかったが、三日経《た》って、俺が下心だけで助けた訳ではないと理解してくれたようで、次第に心の距離は縮まったような気がする。

その証拠に、どうやら帰るところがないそうで、だったらウチで雇ってやろうか？　という提案を呑《の》んでくれた。

このカフェが繁盛しないのは、店員が俺しかいないからなんじゃないかという不安があったため、女子店員をちょうど募集していたところだったんだ。

それを、住み込みで働いてくれるというんだから、有り難い話だ。

サンティーは、腰に手を当てて立っていた。

身長は恐らく一五五センチメートルほど。すらりとした手足、白い肌。胸の谷間を見ろと言わんばかりの位置にあるほくろ。

　大きいけど大きすぎない、ちょっと大きいおっぱいを、メイド服で包んでいる。

「随分特殊な服ですね。可愛《かわい》いからいいですけど――あなたの趣味嗜好《しこう》を軽蔑させて頂きます。世界中のありとあらゆるドラゴンに炎を吐かれて確実に死ねばいいのに」

「いいのか悪いのか、どっちなんだよ」

「両方ですよ」

　そう言って、サンティーは少し笑顔を見せた。

　どうやら、気に入ってはいるらしい。

　この世界のメイド服は、クラシックな昔ながらのロングスカート。ヴィクトリア朝時代のような黒と白の奴《やつ》だ。

　だが、このメイド服は違う。近代のメイドカフェ王朝時代のモノをイメージしている。くるりと回ればふわっと広がり、しゅっと纏《まと》まるミニスカート。エプロンの帯を太めにして、ちょうちょ結びが大きいリボンになるようにした。

　少し屈《かが》めばお尻が見えてしまうが、黒タイツを穿《は》けばパンツは見えないと説得した。

　この黒タイツも、この世界にはなく、頑張って作って貰《もら》ったモノだ。

　だから、サンティーは知らないだろう。

屈めば、黒タイツから透けてパンツが見えてしまうことを。

上着の方も、巨乳でなくとも胸の谷間が見えるよう、服屋の親父《おやじ》と頭を突き合わせて入念に打ち合わせて作り出した、拘りの逸品だ。

いやあ、苦労が水の泡にならずにすんで、よかったよかった。

……………そんなことより――

「ちょっと気になったんだが、俺のことゴミとか虫とか言ってた?」

「いえ」

サンティーは首を横に振った。

「俺のことは、『マスター』と呼んでくれ」

「マスター?　私を支配するということですか?」

「いや、カフェの主人はマスターって言うもんなんだよ。ここの店員になるなら、支配人の俺のことはマスターと呼んで欲しいっていう――まあ、憧れなんだ。イヤなら別にいい」

「……………畏《かしこ》まりました。キモマスター」

「もっっっと畏まっていいぞー」

さて、俺は窓の外に広がる大海と大空を見ながら、足を組んで、銀のコップに注《つ》がれたコーヒーを口に運ぶ。

砂糖は一つにミルクはなし。それが俺のベストなコーヒーだ。

東の王都の東の東。港の近くにこのカフェはある。

海を見ながらコーヒーを飲む。子供の頃から憧れていた夢を実現したんだ。

カランコロンカラン。と来客を告げるベルが鳴ったので、とりあえず街とカフェの説明はこの辺りにして——入り口に顔を向けた。

入ってきたのは大きなリュックを背負った女の子だった。

髪をアップに纏《まと》め、動きやすそうなガキみたいな衣服に、下はスパッツと短パンだ。

名前は……何回聞いても覚えられないが、『ルリ』と俺は呼んでいた。

旅の商人で、定期的に遠いところの食材を仕入れて来てくれる。

「相変わらず暇そうねー。こんな店、何の意味も無いわね」

店に入るなり、失礼なことを平気で言う奴だった。

つかつかと足音を立てて俺のところへやってくる。

「カフェってのは静かな方がいいんだよ」

俺がそう返したときだった。

ルリの背後にサンティーの姿が見えたと思ったら、サンティーはルリの喉元にナイフを突き立て、肩に腕を回して体をがっちりとホールドしていた。

横に当てるのではなく、尖端《せんたん》を喉へ垂直に突き立てる独特のスタイルだ。

「何者だ？」

ぎろり、とサンティーの目が細められた。

なるほど。恐らく彼女は、ルリを暗殺者か何かだと思っているのだろう。自分を追ってきた敵だと。

「サンティー。そいつは無害だ。大丈夫」

俺がそう言うと、サンティーはナイフを離し、ルリから少し距離を取った。

「な、なんなのよ！　なんなのよこの子は！」

恐怖のためか、じんわりと汗をかいているルリが、サンティーに親指をくいっと向ける。

「新しく入った店員」

「…………ふーん」

ルリはじとっとした目で俺を睨《にら》み付けた。何やら、怒っているような目つきだ。

何故怒ってるのか、表情から推理出来ない俺はまだまだ探偵として未熟なのだろうな。

「──で、例の物は？」

「はいはい。ちゃんと仕入れてきてるわよ」

「サンティー。仕入れ手伝って」

「畏まりましょう」

俺は立ち上がり、サンティーとルリと共に店を出る。

潮風がふわりと鼻腔《びこう》をくすぐる。

この風に惚《ほ》れて、ここに店を構えたんだよなーと思うと、感慨深い。

店の前に、馬車が止まっていた。

大通りには人が行き交い、露店が軒を連ねている。

ここは繁華街というだけあって、繁盛していない店は、まあ、うちぐらいなもんだろう。

「いつも思うんだけど、なんでこれに拘る訳？」

俺は荷台に乗り込んで、大きな木箱を馬車の荷台から下ろし、サンティーに渡す。

サンティーはその木箱を店内へと運んでいった。

「これがなけりゃ、カフェとは言えないからな」

「南の山にしかない『妙に苦い豆』が、そんなに大事なのかしらね」

「大事さ。何よりも」

ルリが運んできてくれたのは、コーヒー豆だった。

この東の王都付近にはコーヒーの木がなく、ルリがいなけりゃコーヒーが出せない。

コーヒーのないカフェなんて、あり得ないからな。

「だったら南の国でお店やればいいのに」

「お前が運んでくれるから」

「へー、案外私のこと好きなんだー」

ルリは冗談交じりにけらけらと笑った。

「ああ、大好きだ」

だから、俺も作り笑いで冗談を返してやったら――

「え、わわわわ私にはお金っていう恋人が！」

あれ？　満更でもないのか？　っていう反応を示した。

「っていうか、お前も手伝えよ」

「うん。ねえカイトー。もう一つの事業はまだやってる？」

ルリも荷台に上がり、木箱や麻袋を馬車から下ろしていく。

「ああ、まあな」

もう一つの事業ってのは、探偵業のことだ。

まあ、探偵なんてモノはこの世界にはなく、みんな『魔導師』として接してくるけどな。

ここ半年でそれなりに仕事をこなしてきたから、この東の王都では探偵という職業も浸透してきてはいるが、それでもまだ、『探偵ってなんぞや？』って人間の方が多い。

「何よ、そのドラゴンの糞《くそ》でも踏んだみたいな顔」

考え事に耽《ふけ》っていた俺に、ルリがむっとした表情を見せた。

「まだやってる？　なんて聞くってことは仕事の依頼か何かだろう？」

「ご名答ー。さすが探偵さん」

「お前からの依頼で良かったことなんて、今まで一度もないからな」

「そうだっけ？」

あっけらかんと言い退《の》けやがった。

「薬草を取りに行くだけって言って、雲より高い山を登らされたり。卵を取りに行くって言われて、火口のドラゴンと戦わされたり」

言い出したらキリがないが、火口のドラゴンは本当に大変だった。ぶっちゃけ、魔王退治より過酷だった。当時の俺たちは弱かったし、火口という場所も戦いにくかったし。

「いやあ、あのときは儲《もう》けさせて貰いました。その代わり、この妙に苦い豆は無償で届けてあげてるじゃないのさ」

「それは感謝してる。お、これ仕入れてくれたんだ。やるなー」

それは、食器だった。

カフェの食器は白い陶器がいいんだが、この白い陶器ってのがこの東の王都に無くて、あったらでいいからと発注していたんだ。

　木の食器も銀の食器も悪くはないんだが、やっぱりコーヒーは白い陶器がいい。

「ふふーん。この天才トレジャーハンター、ルリララ・ララリルル様に仕入れられない物はない！」

　あーそうだったそうだった。こいつの名前。……もう忘れたけど。

「どうせ、他の仕事のついでだろ？」

「ご名答ー」

「で、仕事の内容は？」

「受けてくれるの？」

「とりあえず聞いてみる。あ、まず場所だけ聞こう。どんなダンジョンに潜らされるのかで却下するかを——」

「ここよ」

「え？」

「この東の王都からの仕事」

「永遠に燃え続ける荒野でもなく、氷で出来た島でもなく？」

「依頼内容は指輪を……なんだったかな。……捜すんじゃないかな」

「お前からの依頼にしては軽すぎるな。報酬は？」

「二万ゴールド」

「まじで」

「まじで」

「一気に胡散臭《うさんくさ》くなったぞ、おい」

うちのコーヒーは一杯一ゴールドだ。二万もあればこの店舗の残ってるローンも一括返済出来るだろう。破格の報酬だ。

「依頼人、よっぽど切羽詰まってるんでしょうねー」

「捜し物をするってだけで、五万ゴールドも出す奴《やつ》がいるか？」

俺は胡散臭そうな顔を隠さなかった。

「な、なんで五万だって知ってるのよ」

ルリは動揺して目を逸《そ》らす。

「お前が二万って言えば、三万がめてるって意味だから」

「ちっ、探偵めー」

「まあでも二万か。それだけでいいな」

「え？　私三万でいい？」

「ああ。お前には、お世話になってるからな」

「カイトーのそういうところ大好きっ！」

ルリはそう言って俺に抱きついてきた。

むにっとした柔らかい女子の感触に、思わず鼻の下がのびのびしていた。

……俺への前金は、どうやらおっぱいで払ってくれたようだ。

こりゃ、受けざるを得ないな。

まあ、よっぽどえげつないことをさせられそうな気はするが、な。

「はいこれ」

ルリは抱きつきながら、一枚の紙を俺の黒衣の奥襟に挟み込んだ。

「ん？」

「依頼者の家の場所。詳しくは本人に聞いてよ。ずっと家にいるって言っていたから、昼でも夜でも訪ねていいって」

概《おおむ》ね搬入も終わり、俺が荷台から降りると、ルリもぴょんと荷台から飛び降りようとして、失敗した。

「あっ」

俺はルリを支えた。柔らかなおっぱいの感触が、また腕に広がっていった。

「はい、一万ゴールド」

「お前、今わざとだろ」

「絶対支えてくれると信じていたもの」

「貸しにしといて」

「うん、貸しにしとく」

何故《なぜ》か顔が赤くなったルリに、俺はなんだか照れ臭くなった。

「もう終わりですか？　…………白昼堂々と…………このスケベマスターが。喉に千のナイフを突き刺されて確実に死ねばいいのに」

そこへサンティーが現れ、解けそうにない誤解を一つ生んでしまった。


ルリが去ってから、俺はずっとコーヒーを飲みながらメモを取っていた。

捜し物？　それだけで終わるとは到底思えない。

だから、あいつとの会話は忘れない内にちゃんと一言一句メモしておく必要がある。

ルリの野郎、なーんか隠してやがるな。というのが、正直な感想だ。

だが、もう断ることは出来ないだろう。

どうせあいつ、もう前金で三万貰《もら》ってるだろうし。

「クズマスター」

「なんだ？」

「私は何をすればいいのですか？」

「そう言えば、研修するつもりで着替えて貰ったんだよな。ルリが来たせいですっかり忘れてたよ」

「お願いします」

「と言っても、まあ当たり前のことをやって貰うだけだ。とりあえず、俺が一回店を出てすぐ入ってくるから、サンティーの思う『接客』を見せてくれ」

俺はそう言いながら、カフェの外へ出た。

カランコロンカラン。

扉が開くと、この音が鳴る。

外へ出て、扉を閉めて、またすぐ扉を開けて中へと入る。すると――

店内に、サンティーの姿が見えなかった。

あれ？　と思いつつ二歩前へ。

刹那――喉元に、ナイフを突き立てられた。

ナイフを横にして刃を当てるのではなく、切っ先を喉仏に突き立てるという独特のスタイル。

動けば首が切れて死ぬぞ。ではなく、動くと突き殺すぞ。ということなのだろう。

この意味の差は大きく、動いたせいで死んでしまったではなく、動いたら、しっかりと自らの手で殺すという意思を感じた。

「…………何者だ？」

やっと口を開いたと思ったら、凄《すご》く低い声だった。

声を変えることで、敵に情報を与えないということなのだろう——って。

「サンティー。接客と接敵は違う」

「……私は、これしか知らない」

「てっきり、ルリのときは追っ手と間違えたのかと思ったが、それがお前の『普通の接客』なんだな」

「ダメ、ですか？」

「ダメだ。いいか。ナイフを突き立てるのは絶対にダメ。で、『何者だ？』ってのも止《や》めよう。何者なのかは関係ねーから」

俺の言葉に、サンティーはナイフを喉元から外した。

「では、どう言えば？」

「そうだな。とりあえず、『何人で来たのか』を聞こうか」

俺は喉に傷がないか指でさすりさすりしながら、サンティーに向き合う。

「それなら、出来そう」

「じゃあ、また入ってくるからやってみて」

「畏《かしこ》まりました」

カランコロンカラン。

俺が店に入り直すと、すぐに床へ叩《たた》きつけられた。

「吐けっ！　仲間は何人だっ！　他に何人来ているっ！」

腕を取られ、関節をぐいーってされて、肩と肘がぽっきりと取り外されそうだった。

「待って待って。なるほどなるほど」

ぱんぱんとタップして、サンティーに退《ど》いて貰う。

「何か問題でも？」

「まず、来店されたお客様、捕虜じゃない」

「はあ」サンティーは『どういうことだろう顔』で俺を見ていた。

「まるでスパイを捕まえて、他の部隊がいるかどうかを聞いている感じだったから」

「スパイ、とは？」

「いや、そうだな。そうだ。お客様の体には、触れないように」

「それはなかなか……難しいですね。私の経験上、言葉攻めだけでは正しい情報を得られない可能性が高いです。やはりちゃんと拷問に――」

「信じることから始めよう。言葉で聞いて、言葉で返してきた情報を、信じるんだ」

「……それは…………素敵なことですね」

「そうだろう？　よし。――で、人数を聞いたら、二人までならカウンター。三人以上ならテーブル席へ――『お席こちらです』と案内する。まあ、お前の言葉でいいけどな。基本敬語だし」

「畏まりました」

「じゃあ、また入ってくるから」

「はい」

カランコロンカラン。カランコロンカラン。

「何名だ。言え」

「言い方が凄い怖いけど……まあいいや。一人です」

「いいだろう。ここが貴様の墓標となるのだっ！」

「待って待って。あれ？　どうしてそうなっちゃったかな？」

「墓石へ案内するんでしょう？」

「墓石……墓石かぁ……違う違う。お席。席。机と椅子で席」

「あ、お席ですか」

「で、客が席に着いたら、注文を取る。メモに書いてくれればいい。で、調理は俺がするから、料理を運んで貰って、まあそれは客が来たときにやっていこう」

「はい」

「あとは、会計だな。よく『お預かりします』って言い方をするんだが、俺はあんまりそれは好きじゃない。間違った言葉じゃないんだが、『預かる』ってことは、『いずれ返す』って意味になりかねないからな」

「では、どうしろと？」

「頂戴します。という言葉にして欲しい」

「なるほど」

「じゃあ会計やってみようか。えー、コーヒー一杯飲みまし、た。伝票を持って、レジへと来ま、す……はい」

「コーヒー一杯で、………………一ゴールドです」

「そう。出来るじゃねーか。はい、じゃあ一ゴールド」

「では——命、頂戴します」

「え！　なんでそうなったのっ？　違う違う違う違う！」

「…………あっ、言い方……お命、頂戴します」

「そこの言い方じゃねえよ！　命は頂戴しないからっ！」

「では何を頂戴すれば？」

「金だよ金！　コーヒー一杯、一ゴールドでいいんだよここは」

「……あ、一ゴールドを、殺してでも奪い取る」

「ええーっと…………何故？」

「ん？　あ、身代金で受け取る？」

「お前の接客は、どうしてそう犯罪的なんだよ。そこらの店でやってることをやればいいだけなんだ」

「…………そこらの……」

「もしかして、ないのか？　買い物とか食事とかしたこと」

「ええ。実は……ありません。銭湯ならば、よく行くのですが」

「そうか。だったら……仕方が無いな」

「……申し訳ないです」

「じゃあ、イメージが湧かなくて当然か」

「……不思議には、思われないのですか？　店で食べたことがないということを」

「思わないね。そういう奴《やつ》も、たまにはいるもんさ。そう思ったから聞いたことだし。

――さあ、次は配膳だな」

「配膳？」

「客に料理を運ぶことだ。飯は俺が作るから、まだ覚えなくていい」

「それなら出来そうです」

「じゃあ、そうだな。シンクの横にガラスのコップがあるから、それに水を入れて、四つ、こっちのテーブルへ持ってきてくれ。あ、お盆もそこにあるから」

「四つ？　そんなに飲むのですか？　飲みしん坊ですね」

「四人客が来たイメージだよ！」

「なるほど。畏まりました」

そう言ってサンティーは、お盆に水の入ったコップを置いていく。

俺はその手際を見たときから分かっていた。

あ、こりゃやベーな。と。

ふらふら、ふらふら。一個置く毎《ごと》に、体全体でバランスを取らなければならない。

これも、初めてやったのだろう。そして、コップを置くときの力が強すぎるのだろう。

サンティーはバランスを一度も立て直せないまま、俺のテーブル席へとやってくると、
案の定――

がらがらばっしゃーん。水をぶちまけ、コップが床に。

運が良かったというべきか、コップは割れずに済んだが、俺はびしょ濡《ぬ》れだった。

「は、はわわわわ」

どうしていいか分からずに、サンティーは顔面蒼白《そうはく》で立ち竦《すく》んだ。

「お盆、籠に換えようかな」

と言いながら、とりあえず上着を脱ぐ。いつも着ている黒衣は撥水性《はっすいせい》が高く、インナーシャツまで水は浸透していなかった。

「ごめんなさい……」

「なあに、熱波の魔法で乾かすのは得意だから気にすんな」

Tシャツ姿になった俺は驚いて、立ち竦んだ。

「ご、ごめんなさい。ごめんなさい」

サンティーが、涙を流していたからだ。

先程までの何かと人を殺そうとしていた姿からは想像出来ないほど、『うえんうえん』と子供のように泣いていた。

「泣く必要は、ないさ」と俺は優しく声を掛ける。

「だって、だってぇ。私、こんなことも、こんなことすらも出来ないなんてぇ」

なるほど、俺に悪いと思ってるんじゃなく、自分が不甲斐《ふがい》なくて泣いていたのか。

……………分かるよ。その気持ち。なんて、言葉を掛けられなかった。

泣いている女に掛ける正しい言葉なんて、俺には推理出来なかったのだ。

だから、俺はこう言うしかなかった。


「出来るっ！」


「え？」

「お前が何だって出来る奴だとは思ってない。何だって出来る奴なんて、そうそういるもんじゃない。だがな、これは、お前でも出来る。俺でもお前でも、出来るもんなんだ」

「……こんな、私でも？」

「ああ、こんな、殺すことしか能が無い俺でも出来たんだから」

「……はい」

サンティーは泣いたせいか、少し頬《ほお》を紅潮させて頷《うなず》いた。

その目からはもう、涙は溢《あふ》れてはいなかった。

俺はただただ当たり前のことを言ったまでだが――

きっと、どんな言葉でもよかったんだろうな。

「とりあえず、床を拭こうか」

「あ、はい。申し訳ございませんでした」

「よし。で、ミスはホントに気にしなくていい。むしろ、本番でお客様にされるぐらいなら、今のうちに、俺に対してミスしてくれた方がいい」

「ううぅ。はい。自分がクソ過ぎて、マスターをクソマスターなんて言えなくなりそうです」

「それは是非そうなって欲しいところだが」

と言っていた時だった。

カランコロンカラン……と、来客を告げるベルが鳴り、一人の男が入ってくる。

「サンティー。あの音がしたら誰が入って来てもこう言うんだ。いらっしゃいませ」

「いらっしゃいませー」

入って来たのは白髪の男。長い杖《つえ》を持った男だ。

ノーネクタイのスリーピースなスーツ姿。

英国紳士が似合いそうな格好で週三ぐらいのペースでここへやってくる。

「やあカイトー。調子はどうかな？」

「まあまあかな。おっさんは？」

「ワシをおっさんなどと呼ぶな！」

「はいはい。爺《じい》さん」

この男は『ディーニアス』。何故《なぜ》か、若く見られることが嫌いなおっさんだ。俺の見立てでは四〇そこそこ。爺さんと呼ぶにはまだ早いような気がするため、どうしてもおっさんと言ってしまう。

このカフェの唯一の常連客で、俺に探偵業を勧めたおっさん。

かなりお世話になってはいるのだが――

「何者だ？」

気がつけば、おっさんの首に、サンティーがナイフを突き立てていた。

「くっ……き、君こそ何者かね……」

突然喉にナイフを突き立てられて動揺しない奴なんか、そうそういない。

おっさんの眉間はしわくちゃになっていた。

「サンティーっ！」

俺が声を掛けると、サンティーははっとこの対応がマズイということに気付き、そして腕を搦《から》め捕《と》って床におっさんを押し倒す。

「貴様っ！　何名だっ！　何名でここに来たっ！」

「ぐっ……私一人だ……」

「サンティーっ！」

今度は俺が泣きそうだった。

俺の声掛けに、これもダメだと気付いたサンティーは手を放す。

「ここを貴様の墓標にしてやる」

くいっとカウンター席に指を向けるサンティー。

「はい。よろしくお願いします」

おやおやぁ？　何故かご満悦な表情だぁ。このおっさん、マジか。マジなのか？　マゾなのかぁ？

見知った年上のおっさんの、見知らぬ一面に俺は引いていた。

「出来た……出来ました。マスター」

「出来てねえよ！　ダメのフルコースだったよ！　ほら、床拭いて。雑巾、そこにあるから」

ほっとした表情のサンティーに、俺は思わず即答してしまった。

また泣かれたら堪《たま》ったもんじゃないから、しまったと思ったが、サンティーはしゅんとしただけで泣くことはなかった。

「いやあ、面白い接客だったねぇ。楽しめたよ」

カウンター席に座るおっさんは、何故か満足げだった。

「俺はあんたの知らない一面に引いているところだが、注文は？」

「コーヒーを一つ」

「あいよー」

俺はエプロンを着けて手を洗い、コーヒーを準備する。

うちのコーヒーはサイフォン式だ。

これらの器具もわざわざ作って貰《もら》った特注品で、この世界では恐らくここにしかないだろう。

水は水道から、炎はガスコンロにマッチで点《つ》ける。これが火打石だったらどうしようかと思ったが、なんとかマッチの技術までは辿《たど》り着いていてくれていて助かった。

まあ、俺は魔法でやるけどな。

パチンと指を鳴らすだけで、いい感じに沸騰したお湯がサイフォン内に出現する。

「カイトー。そろそろ王宮に仕える気はないかね？」

あーいやだいやだ。また出たよ。この話を持ち出さなければ、ディーニアスのおっさんは良い奴なんだけどな。と俺はコーヒーぐらい渋い顔をした。

「そろそろってのがどれぐらいの期間なのか知らんが、仕える気は無いね」

「まあ、新しい店員を雇ってるぐらいだからなぁ」

おっさんは雑巾で濡れた床を拭くサンティーをちらりと見て、「ほう」と感嘆の溜息《ためいき》を吐《つ》いた。

「良いもんだろ？」

俺はカウンターに肘を突いて、まじまじとサンティーを見つめる。

「あれは良いモノだねぇ」

俺とおっさんが目の当たりにしたのは、四《よ》つん這《ば》いになって一生懸命床を拭くサンティーの姿。

黒いタイツの向こうに、純白なパンティーが見えている、サンティーの姿だった。

ふっふっふ。そうだ。このメイド服のスカートは、屈《かが》めば中が見えてしまうのだっ！

深くお辞儀をするだけでも後ろにいた人からすれば「あれ？　今見えた？」となるレベル。本人は気付かないだろうが、実は見えているレベル！

ああもう、今日一日のサンティーのミスなんて、全部吹っ飛んでしまうほどの美しさだ。

「お待たせしました。コーヒーでございます」

慣れた手つきで、俺はコーヒーを提供する。

……あ、しまった。せっかく白い食器が来たんだから、あれで出せばよかった。

「サンティー、それ終わったら、さっき仕入れた白い食器、洗っといて。ホント大事なモノだから……ゆっくり、丁寧に、そっと、な」

「はい。絶対に割らないようにします」

おっさんはコーヒーをずっとそのままブラックで飲んで、うむと頷いた。

「素晴らしい香りだ。この飲み物が売れないのは残念でならないよ」

「分かってくれるのは、あんただけだよ」

「ワシも最初はただ苦いだけだと思っていたが、慣れれば止《や》められない」

「誉《ほ》めても、国には仕えねーぞ。探偵業の依頼なら受け付けるけどな」

「……では、仕事の依頼をしてもよいかな？」

「聞こうか」

「近頃、騎士団内で不穏な話があると噂《うわさ》が回ってきた」

騎士団ってのは言うまでもなく、王宮に仕える戦闘部隊で、戦争になれば兵士に、戦争がない今は警察のような組織になっている。

この東の王都の所属騎士は八〇〇〇人程度とかいう話を聞いたことがある。

「具体的には？」

「ワシも又聞きの又聞きで詳しくは分からないのだが――クーデターを企てている者がいるとかいないとか」

「穏やかじゃないな」

あー、いやだいやだ。そういう話からほど遠そうだっていうのも、この国を選んだ理由だったのに。

「そこで、噂の真相を調査して頂きたい」

「分かった。だが、今ちょうどルリから仕事の依頼があったところでな。今すぐって訳にはいかないと思う」

「ルリ？　ルリララ・ラランルルか。あやつの依頼ならば、そうすぐに終わるモノではなさそうだな。困ったものだ」

「ま、並行して出来そうだったらやってみるさ。報酬は？」

「前金で一〇〇〇ゴールド。結果如何《いかん》でプラスといったところかな」

「ＯＫ。成立だ。とにかく調査してみて、クーデターに拘《かか》わる情報を片っ端から集めて報告すればいいんだな？」

「カイト。君の判断でこう報告してくれればいい。『本気でやる気だった』か、『やる気はなかった』か」

「……『だった』ってことは、もしかしてそれ、クーデターを俺が阻止した形になってない？」

「期待しているよ」

「……追加の報酬も期待してるからな」


おっさんが帰ってから、俺はカフェの閉め作業をサンティーに教えて、早速依頼主のところへと向かった。

今日はどうせもう人が来ないだろうし、サンティーはまだ接客出来ないだろうから、店を閉めてしまおうという訳だ。

何、誰も困らないさ。悔しいけどな。

さて、俺はルリから貰ったメモを頼りにカフェから出て繁華街の大通りを歩き、中央にある王宮を横目に眺めながら学校などのある中央区を越えて、王都の西側へ。

さらに大通りを歩いて目的の区域へと向かう。

そこは、『貴族街』と呼ばれている——高級住宅街というか、まあ裕福な家庭が集まる地域だ。

貴族街への入り口は衛兵が見張っていて、身なり次第では入ることも出来なくなるような場所だが、俺は問題ない。

黒衣を纏《まと》うだけで、魔導師であると分かって貰えるからだ。

魔導師は悩み相談を受ける仕事。貴族からの依頼も多いから、出入りすることも多い。

黒のロングコートをびしっと決めれば、まあ衛兵にちらちらと見られたけど、問題なく貴族街へ足を踏み入れることが出来た。

目的地の豪邸へ向かう。と言ってもこの辺りは豪邸しかないのだが、その豪邸の中の一つだな。

獅子《しし》の顔にリングのついた、ドアノッカーで三回ドアをノックする。

少し待つ。

まあ部屋数が十以上ありそうな家だ。呼び出してすぐに出て来ないのも仕方がない。

が、俺はそのまま五分ほど待たされた。

もう、留守かと思ったが、ルリが家にいると言っていたから待った。

不倫調査の尾行などで、待つのは慣れていた。

「すいません。お待たせしてしまって」

初老の男がやっと戸を開いた。

「いえ。旅の商人から紹介されて来たのですが」

面長で、額がかなりつやつやしている男だった。背は俺より少し低いぐらいで、Tシャツにズボンというラフな格好だ。

…………この豪邸に住んでて、このラフさ？　アンバランスというかギャップが凄《すご》いというか。

ちらりと足元を見て、この家が土足ＯＫなのかを確認する。

高そうな革靴——ということは、玄関で靴を脱がなくて良さそうだな。これがスリッパなら脱いでからお邪魔するのだが。

「どういったご用件です？」

「捜してほしいものがあるってことで——あ、私はこういう者です」

俺は名刺を渡した。

この世界に名刺なんてモノはないから、みんな珍しそうにまじまじと読んでくれる。

「探偵？　その格好は――魔導師ではないのですかな？」

「似たようなモノですよ。人の悩みを聞いたり、調査したり」

「あー、なるほどなるほど。二万ゴールドの」

「…………そうですそうです。捜してほしいものがあると聞いてますが」

「そうなんですよー。困ってまして。どうぞ入って下さい」

こうして、俺は普段絶対に足を踏み入れないところへ、足を踏み入れた。

靴音のしないふかふかな絨毯《じゅうたん》を歩き、すぐ右手にある応接間へ。

二〇畳ぐらいだろうか。そこそこ広い部屋に、ソファーとガラスのテーブル。

ソファーにはタクシーのように白いレースのカバーが付いていた。

俺はそのふかふかのソファーに座り、メモ帳とペンをテーブルに置いた。

「まず、私の名前はテバウ。君と同じく魔導師をやっている。と言ってもただの肩書きでしかないが」

「よろしくお願いします」

俺はメモに依頼者テバウ、魔導師と書き込む。そして、剣の腕に覚えありと書き足した。

テバウ氏の立ち居振る舞い。剣タコのある無骨な手から、そう判断した。

「捜してほしいものは、結婚指輪だ」と、テバウ氏はソファーに腰掛け、本題に入った。

「結婚指輪？」

「実は明日、久しぶりに妻と会うんだが、お恥ずかしい話で指輪をどこに隠したのか分からなくなってしまってね。いやあ本当に、不倫なんかすると、ろくなことがない」

テバウは恥ずかしそうに口元に手をやりながら言った。

不倫相手に結婚していることを内緒にしているのだろう。結婚指輪を外して、不倫相手に見つからないようどこかに隠したら、本当に隠れてしまったということなのだ。

馬鹿馬鹿しい話だが、俺は笑ったりしなかった。

「ということは、この家の中から指輪を捜す。それだけだと」

「美味《おい》しい話だとは思わんかね？」

「美味しいですね。とても」

テバウ氏の笑顔に、俺は笑顔で答えられなかった。

「簡単な仕事なのに、報酬が高すぎるとお思いのようだね」

「まあ、ええ」

「二万ゴールドという額は、妻に不倫がバレて離婚となったときの慰謝料に比べれば、大した額ではない。資産の大半を失うことになるからね」

二万……？　テバウ氏が払う額はルリのを合わせて五万じゃないのか？　俺に対して二万と言っているのかな。

「明日、と先ほど申されましたが、つまりこの仕事は今から明日まで、いや、明日奥さんと会うまでに完了しなければならないということですね？」

「その通りだ」

「では、今から早速取りかからせて頂きます」

「やってくれたまえ」

まさか、今日中の依頼だったとは。ルリの野郎、言っておけよ。知っていたらもっと早く来たのに。

そして俺は、応接間をくまなく捜索した。指輪を『落とした』じゃなく、『隠した』なのだから、恐らく引き出しの中や絵画の裏のような場所。ちゃんと絨毯をめくり、床を叩《たた》いて空洞がないかも確認する。

ざっと一時間ほどの時間を掛けて、応接間にはないと判断した。

テバウ氏が手伝おうと言ってくれたが、断った。

やるなら自分で整理しながらやりたかったからだ。

「トイレをお借りしていいですか？」

俺はそう言いながら部屋を出ようとした。

正直、いちいちこれを聞くのはどうかと思っている。

家に入れておいて、トイレを貸してくれない奴《やつ》がこの世にいるか？　無駄な質問だ。

「ダメだ」

ここにいた。

何故《なぜ》？　とは聞かなかった。

「指輪がトイレにある可能性は？」

「トイレと寝室は毎日使っている。そこにあれば見つけているさ。君は、トイレと寝室以外で捜してくれればいい」

どうやら、プライベートなところには入られたくないようだ。

まあ、指輪の存在を不倫相手にも悟られたくないとすれば、寝室とトイレに隠すのはリスクがあるだろうし、俺もそこには置いていないと考えていた。

トイレは我慢だな。後でこの家の壁に立ちションしてやる。

「次は書斎を見せて貰《もら》えますかね」

「ああ、二階だ。案内しよう」

テバウ氏に連れられ、大きくカーブした階段を上り、二階へ。

いくつもある部屋の中から、一番奥の部屋に通された。

応接間と同じ広さの書斎。

アンティークな趣味が俺と合うな。いい家具を使ってやがる。

本棚にある本も一冊一冊全て調べる。くりぬいて入れている可能性もあるから、ちゃんと全部ぱらぱら広げた。

クローゼットを開ければ、ぎっしりと正装の黒衣があった。大きなサイズの黒衣。よほどゆったり着たいのかな？　下を見れば、靴が三足並んでいる。

……靴がデカイな。俺より二回りほど。

黒衣のポケットも、靴もひっくり返して指輪を捜すが、ここにも無いようだ。

事務仕事をしているであろうデスクへ向かう。

木製の、アンティークな机。木の色が濃く、高そうな机だ。

椅子に座り、机の引き出しを開ける。

長くて細い引き出しには何も入っていない。

右隣にある小さな引き出しの一段目には、筆記用具。その下の二段目には――ん？　ちょっと待てよ。

俺はもう一度、長くて細い引き出しを開ける。

やはり、何も入っていない。

そして、右隣にある小さな引き出しの一段目を開ける。そこには、筆記用具。

「どうかしたのかね？」

テバウ氏が声を掛けてきた。

「いえ、ちょっとした違和感がありまして」

俺は、長くて細い引き出しを取り外して、机の上に置いた。

「違和感とは？」

そして俺は指ですーっと引き出しの底をなぞり、側面にこつんと指をぶつける。

「やっぱりそうだ」

「どういうことかね？」

「この引き出しは、浅すぎるんです」

「浅すぎる？　そこの引き出しは浅くて当然だと思うが」

俺は隣の引き出しに入っている万年筆を取り出して浅い引き出しの上に転がす。

「見てください。この引き出しには、ペンすら入らない」

転がっていった万年筆は側面に当たる。その側壁よりも、万年筆の方が太かった。

「紙を入れておく用だ、ということかね？」

「いえ。――恐らくは二重底」

「二重底？　それはなんだね？」

俺は引き出しをひっくり返して机にとんとんと叩きつけた。

それで底が外れると思ったが、甘くはなかった。

そこで俺は、魔法を使う。

そう、俺はただの探偵ではない。元魔導師探偵なのだ。

「テバウさん、この引き出しの二重底、破壊していいですか？」

「ああ、好きにやってくれ」

俺が指先一つで、引き出しを軽く爆裂させる。

爆裂魔法を弱く調整するのは難しいんだぞ。俺は爆裂系の魔法が一番得意だから出来るんだ。他の魔導師が爆裂系魔法を使えば、この机ごと破壊してしまうだろうさ。

爆裂魔法で引き出しの底に小さな穴を空けて、そこに指を掛け、ぐいっと底を開ける。

思った通り、二重底になっていた。

そして、指輪が一つ、隠されていた。

底の裏に窪《くぼ》みがあり、指輪が嵌《は》まっていたのだ。

銀色の指輪。内側にも外側にも、何やらぶわーっとミミズ文字が書かれている。

「おお！　それだそれだ！　よく見つけてくれた！」

とテバウ氏も大喜び。

俺も内心ではほっとしていた。ルリのくせに本当に簡単な依頼だったようだ。

テバウ氏が指輪を手に取ろうとしたら、ばちっと電撃が走る。

「魔法障壁ですね」

この世界では、鍵を掛ける代わりに魔法を掛ける。

が、金庫や玄関ではなく、モノ一つに魔法障壁なんて、よほど誰にも触られたくないんだろうな。

「参ったな。解除の方法、知らんかね？」

「掛けた本人が分からないなら、普通は解けないです」

「普通は？」

「俺なら解除出来ますが、魔法障壁でガードするって、よっぽどのことですからね」

「そうなのだよ。だが解き方を失念してしまった。是非やってくれ」

「分かりました」

俺は指輪に手をかざし、意識を集中させる。

俺には魔法障壁を張ることは出来ないが、外すことは出来る。

破壊と死滅の魔導は、究めたからな。その範疇《はんちゅう》の内さ。

パリンとガラスでも割れるような音がして、指輪を手にすると、それをテバウ氏に渡す。

「本当にありがとう。報酬を今すぐとってくるよ。玄関で待っていてくれ」

「あ、もうこの場で頂けるのですか。有難いです」

玄関で待っていると、麻袋を持った笑顔のテバウ氏がすぐやってきた。

「いやあ、助かったよ。また、何かあったら君を頼ってもいいかな？」

「ええ、いつでも」

こうして、俺は思ったよりも簡単に、あっさりと大金を手に入れた。

麻袋に入った二万ゴールドの金貨はずっしりと重く、達成感がある。

だが、俺の顔は晴れなかった。

このテバウ氏は、『この家の主人ではない』。

そんな気がしてならないのだ。

デカい服をゆったり着たいのは分かる。だが、靴をぶかぶかで履きたいか？

こいつはテバウ氏ではなく、テバウ氏を騙《かた》る誰かじゃないのか？

代理？　いや、ルリはテバウ氏はずっと家にいると言っていた。

俺は一礼して、豪邸から出ようと取っ手に手を掛けて、立ち止まる。

……………言うべきか迷った。

もしこいつが本当はテバウ氏でなければ、今の仕事を完了させるべきではなかったのだろうか?

もしかしたら、テバウ氏は家のどこかに監禁されていて、助けを求めているのではなかろうか?

トイレ……トイレを使わせなかったのは、そこにテバウ氏が隠されていたからってことはないだろうか?

…………なんてな。

考えすぎだ。そうそう事件が重なったりはしないはずだ。

とか言うと、実はマジでそうなってたんじゃ……なんてこともよくある話だ。

……やっぱり言うか?

……………いや、これ以上の面倒はごめんだ。

相手が誰だろうと、俺は仕事をして、報酬を貰う。それだけだから。

そして何よりも、トイレが限界だったからだ。

金貨を大量に持って、カフェへと帰って来た。

「お帰りなさい。ダメマスター」

サンティーは住み込みで働いてくれているので、帰って来た俺を出迎えてくれる。

誰かがお帰りと言ってくれる。これほど嬉《うれ》しいことはない。

俺は何も言わずに金貨をテーブルにぶちまけた。

「どうしたんですか？　これ」

「今回の仕事の報酬だ」

俺は自慢気にほくそ笑んだ。

そしてその表情のまま、トイレに駆け込んだ。

そして、全てを解放して戻った俺は、サンティーと二人で金貨の枚数を数えて、ジャスト二万ゴールドあることを確認する。

「まさか、本当にこんな大金を稼いでくるとは思いませんでした」

と、驚愕《きょうがく》の面持ちのサンティー。

「サンティー、手を挙げて」

「手？」小首を傾《かし》げながら、サンティーは小さく手を挙げる。

「いえーい」

パン。とハイタッチする。

「なんですか？　これは………新手のセクハラ？」

「俺の世界では、簡単に祝勝を分かち合うための行為さ」

「…………悪くない、ですね」

そう言って、サンティーはもう一度パンと俺の手を叩《たた》いた。

さて、その後――もう夜になっていたので、急いで大家のところへ向かい、残ったローンの一括返済をしたが、まだお釣りがある。

「そうだ。サンティー。接客のやり方を覚えるためにも、飯に行こうか。行ってみたい場所とか、食べたいモノはあるか？」

「酒場行きましょう酒場。行ってみたかったんです。酒場」

「俺、こう見えてまだ二十歳になってないんだけどな」

「ん？」

どういう意味なのか分からないという顔を向けられた。

「いや、なんでもない。行くか！」

酒場は読んで字の如《ごと》く酒を飲む場所だが、別に酒を飲まなきゃいけない訳じゃない。

俺は主に情報交換のために利用する場所だ。サンティーが未成年だとしても、まあ怒られたりはしないだろう。

「いえーい」

よほど気に入ったのか、またハイタッチして、サンティーと酒場へ。

酒場はカフェの近くに三軒ある。

この世界で、夜の娯楽は飲み会ぐらいしかない。だからみんな、夜になると酒場に集まってくるんだ。

扉を開ければ、笑い声が俺たちを包み込んでくれる。

下品な笑い声ばかりだが、妙に心地が良い。

この世界には、まだ電気の技術がなく、夜の灯《あか》りはもっぱらランプだ。

俺が通電や蓄電、発電の仕方を教えられればいいんだが、そこまでの知識はないからな。

まあ、少し薄暗いぐらいの雰囲気の方が、酒場らしくていいじゃないか。

この世界に来るまでは、こんなに人が沢山いてうるさい場所なんか、行きたくないと思っていた。

ガラの悪い連中が、イヤで仕方なかった。

だが、今は違う。

良い奴《やつ》でも悪い奴でも、仲間になっちまえば楽しいもんだ。

やってみる勇気。

それを乗り越えれば、人生は広がるんだ。

「いらっしゃいませーっ！」

エプロンドレス姿の看板娘が、店内に響き渡る高い声で出迎えてくれた。

「席、空いてるかい？」

「何名様ですか？」

「二人だ」

俺は指を二本立てた。

「えっ！　皆さん大変です！　カイトーさんが！　カイトーさんが女連れで来ました！」

「なあにいっ！　カイトーのくせにかっ！」

「うっせえよお前ら」

「ようカイトー。なんか可愛《かわい》い子連れてるじゃねえか。俺にくれよ！」

鼻の赤い、小太りな男が「がははは」と豪快に笑いながら話しかけてきた。

「やめとけ。お前の手に負える相手じゃない。死ぬぞ」

「こちらの席どうぞー」

店のド真ん中の席に通され、俺とサンティーは向き合うように座る。

「とりあえず生中」

「皆さんっ！　この子、生の中学生なんですって！　犯罪的っ！　捕まるべき！」

「注文だよ注文！　麦ジュースを」

メニューも見ずに注文する。ここのメニューは全部覚えているからな。

「はーい」

看板娘は元気に応えた。

「私もそれと同じモノを」

サンティーが小さな声で注文する。注目されることが苦手なのだろう。終始恥ずかしそうだった。

「はーい」

これだけ外野がうるさくても、看板娘は注文を聞き取っていた。

慣れと集中力の為《な》せる技だな。

「どうだサンティー。あれが正しい……とは言えないが、まあ一般的な『接客』だ」

「……私の想像していたモノとは、随分違うみたいですね」

「あの子の真似《まね》でいい。出来そうか？」

「はい。やっとあなたの言っていたことが理解出来ました」

「今まで理解出来てなかったのか？」

「はい。『こいつ何言ってんだろ？　バカじゃないの？　滝壺《たきつぼ》に落ちる途中、岩という岩に頭をぶつけて確実に死ねばいいのに』――と」

「そこまで思われてたのか。全然気付かなかったよ。俺、探偵向いてないのかな」

「ええ、あなたに向いてるのは、逮捕されるようなことだけですよ。傷ついた初対面の女子を襲おうとするぐらいですから」

「なんという説得力だっ！　否定の隙が残ってねえ！　――外食したことがないってことはさ。普段何を食べてたんだ？」

「生きるのに必要なモノですが？」

「野菜とか？」

「ええ」

「パンや米とか？」

「ええ。野菜がないときは」

「肉や魚は？」

「それは食べずとも生きていけるモノでは？」

「なるほど。だから俺の家に来たときも、サラダしか食べてなかったのか」

サンティーはウチのカフェに三日いたが、その間の食事はサラダのみだった。

ドレッシングも何も付けずに黙々と食べていたが、ヴィーガンな方だったってことだな。

「だから、とは？」

「ん？　つまり、お前は菜食主義者で、食べなくていいモノは食べないってことだろ？」

「いえ、私は別に、食べろと言われれば何でも食べますが？」

「肉を食うのが野蛮とか、可哀想《かわいそう》とか、そういうことなんじゃないのか？」

「……私に『可哀想』という感情はありません」

「ロボかお前は」

「ろぼ？」

「いや、気にするな」

「お待たせしましたぁ〜っ！　麦ジュース二つでーす」

そこへ、看板娘が中ジョッキを持って来た。

俺は、目を細めてテーブルにどんと置かれたジョッキを眺める。

「おい、これって――」

俺はこの酒場で何度も何度も麦ジュースを頼んでいる。

アルコールの入っていない、美味《おい》しい美味しいジュースだ。

だが、これは、いつもの奴と違う。

しゅわしゅわ感も、出されたジョッキも。

「店主からのサービスです。カイトーさんも大人になったんだなーってことで」

「いや――」ちゃんと注文の品を持ってこいよ。と言う前に、看板娘は去ってしまった。

こりゃあ、麦ジュース、来ないだろうな。

俺は、きゅっと眉間を摘《つ》まんで溜息《ためいき》を吐《つ》いた。

しょうがない。これで乾杯しよう。

「サンティー」

「はい」

「お前は、頼まれた注文以外のモノは出すなよ」

「畏《かしこ》まりました」

「じゃ、乾杯だ」

「かんぱい？」

「俺の真似をすればいい。ほら、ジョッキ持って」

「かんぱーい」

ジョッキとジョッキの口づけも終わり、ぐっと喉に流し込む。

んー。この疲れた体に行き渡る感じが、とても気持ちいい。

いい苦味だな。口に含んで味と香りを楽しむというより、胃の中に放り込む気持ちよさを楽しむ飲み物だ。

「ぷへぇ……」と思わず声が出てしまう。

「サンティーは、こういうの大丈夫な方……じゃ、なさそうだな」

サンティーは一口で顔を真っ赤にさせて、ぎゅっと口を一文字に閉じていた。

明らかに、不機嫌そうな表情。

「マスターは、好きですねぇ……苦い飲み物」

「俺が求めてるのはなんというか、味じゃなくて、安らぎみたいなもんでね」

「安らぎ？」

「サンティーとこうしているのも、その安らぎの一環さ」

「…………セクハラです。そういうの」

そのとき、サンティーが珍しく頰《ほお》を赤らめたのは、照れていたのか、特殊な麦ジュースのせいだったのか、俺には推理しきれなかった。

「ま、無理して飲まなくてもいいぞ。あとで水でも貰《もら》うから」

そう言いながら、俺は一気にぐびぐびと喉へ流し込む。

この、惜しげも無く喉へ流し込む飲み方が、この飲み物へのリスペクトだと信じていた。

すると、凜々《りり》しい表情に戻ったサンティーが、同じようにぐっと喉に流し込む。

ぐび、ぐび、ぐび。

白い喉を通っていくのが見て取れた。

「っあー。……あなたには、負けませんから」

「それは、宣戦布告って奴か。——おい！　これ！　もう一杯持ってこい！」

「おいおい、カイトーよぉ。サービスは一杯だけだぞ？」

俺は残っている金をどん、とテーブルに置く。

残ったゴールドを全部、ここで使い切るという意思表示。

その額はおよそ九〇〇。ここの麦ジュースは一杯三ゴールド。

「やけに景気がいいじゃねえか」

「景気がよくねえとこんなところ来ねえよ」

「女に金に、カイトーとは思えねえなぁ」

「いいから追加だ追加！　さあサンティーっ！　勝負だ」

「はい」

サンティーは、少し嬉《うれ》しそうに俺を睨《にら》み付けた。

一〇杯目で、俺はダウンした。

サンティーは顔がすぐ赤くなるが、酒には強いタイプのようで、ずっと同じハイペースで飲み続けている。

「ほんと情けない男ですねぇ〜。このゴ、ゴメマスターめぇ」

しかしながら、酔っ払ってはいるようで、喋《しゃべ》りにいつもの切れ味はなかった。

「慣れてない飲み物だからな」

俺は机に突っ伏し、頬をテーブルに付けたまま、サンティーを見る。

「ねぇマスタぁー」

「んー？」

「どうして、私を救ってくれたんですかぁ？」

「言ったろ？　俺は、人殺しをしたくないんだよ。見殺しにするのもな。あのままじゃ、お前死んでたろうし」

「マスターはぁ、私のこと、何も聞かずに拾ってくれましたよねぇ。凄《すご》く感謝してるんですけど、伝わってますかぁ？」

意外な言葉に、俺は面食らった。

酒の力で、サンティーの本音が出たのだろうか？　だとすれば、この店のサービスに感謝しなければなるまいな。

「伝わってないねー。そうだったの？」

「ちょうど、この酒場の裏手辺りでしたよね」

「そうだな。俺がたまたま通り掛かったところに、サンティーがいた」

「あのまま、私は死ぬと思っていました。この命は、マスターのモノだと思ってます」

「いや、お前の命はお前のモノだろ。俺はただ、ちょうど従業員を探していただけさ」

「ただのエロ野郎だと思ってましたけど……タッチぐらいしかぁ、してこなかったし。まあ体中触られただけでもセクハラなんですけどぉー」

俺はサンティーをカフェに連れ帰り、出来る限りの応急手当をした。

ああそうさ。あんなところもこんなところも触ったさ。

「手当てってのは、手を当てないと出来ないもんなんだよ」

「――気になったこと、ないんですかぁ？　私がぁ――何者なのか」

目が据わっている。

一杯飲む毎《ごと》に、サンティーは表情が変わっていった。喜怒哀楽が千変万化した。

「ない、と言えば嘘《うそ》になるが、気にしてない。話したくないことだってあるだろうしな」

俺だって、自分が魔王を倒したパーティの一員だったことや、別の世界で生まれたことなどを基本的に秘密にしている。

理由は簡単。面倒臭いことになりがちだからだ。

常連のおっさんが国に仕えろと言ってくるようになったり、ルリが無理難題を突きつけてきたり——な。だから、サンティーが話したくないというなら、聞く気はない。

「ふふ、だからマスターのこと、好きなんですよぉ」

次の一杯で、サンティーは甘く優しい笑顔を浮かべていた。

「好きなんて面と向かって笑顔で言うな。こっちも好きになるだろ」

「うふふふ。はい、気を付けます」

でれでれな笑顔。こいつ、こういう表情も出来るんだなと面食らった。

冗談を冗談として受け取ってくれているのか、そのまま注意喚起として受け止めているのかも分からない。

あー、俺も酔ってるせいかな。

やけにこいつが可愛く思える。

「俺が気になったことがあるとすれば、サンティーはいつまで、うちで働いてくれるのか

なってことぐらいかな」

「……さっきも言いましたが、この命はマスターのモノだと思ってます。だから、マスターがいいと言うまで……マスターが死ぬまで、お供しますよ」

「じゃああれだな」

「はい」

「結婚するか？　明日」

「あははは。急な話ですね。――明日はちょっと、用事があるんですよねぇ」

「そっか。用事があるんじゃあ仕方ないな。結婚は止《や》めておこう」

「はーい。……結婚、したいんですかぁ？　冗談と捉えていいんですよねぇ？」

「冗談だよ。ああ、冗談さ」

「よーしっ！　今日は飲みますよぉ！」

「じゃあ、ゲームにしようか」

「ゲーム？」

「みんなっ！　サンティーと飲み比べだっ！　酒奢《おご》ってやるぞっ！」

「「乗ったあああっ！」」

わっと親父《おやじ》共が俺たちのところへやってくる。

「サンティー」

「はい」

「負けんなよ」

「はい。負けません」

サンティーは満面の笑みでこくりと頷《うなず》いた。

楽しそうなサンティーを見るのが、好きだった。


次の日の朝だった。

「マスター。ねえハゲマスター」

昨日あれだけ飲んだくれたはずのサンティーに起こされた。不死身かよこいつは。

俺は眠くて眠くて堪《たま》らなかった。

あのあと、サンティーは三〇人抜きして酒場を大いに沸かした。

興奮状態になった親父共に、俺は強引に酒を飲まされ、ノックダウン。

サンティーと肩を寄せ合うようにカフェへ戻ってきて、千鳥足でふらふらと二階への階段を上がり、部屋に入ってすぐに寝たのが――二時間ほど前。

「おはよう。サンティー。ちゃんと見ろ。ふさふさだ。で、どうかしたか？」

俺は目を開けずに、眠そうな声で答えた。

「なんか、いっぱい人が来ていますよ」

「お客さん？　今日は開店時間を遅らせよう。無理無理」

「んー、というより……」

どどどど……

慌てた足音が近づいてきて、俺はうっすらと目を開けた。

「な、何事？」

俺はシーツで体を隠しながら、音の正体を睨む。

部屋に、ぞろぞろと鎧《よろい》姿の連中がやってきて、ベッドを取り囲むと、剣を突きつけてきた。

「魔導師カイトーっ！　魔導師テバウ殺害容疑で逮捕する！」

逮捕状を突きつける、騎士。

俺は顔を手で覆い、苦笑いを浮かべ、欠伸《あくび》をした。

やっぱり、ルリの依頼はろくなことにならないな。

あー、いやだいやだ。

第二章　ウワキモノ

朝っぱらから、騎士に囲まれ、俺は大通りを歩かされた。

シャツにパンツという格好はさすがに申し訳ないと思ったのか、魔導師としての黒衣に着替える時間は与えてくれたが、顔が見えないように頭からコートを被《かぶ》せるような配慮はなかった。

当然目を引く光景で、ご近所さんたちは哀れみの視線を向けてくる。

「カイトー。ついにお縄か！　あはははは」

哀れみを……

「いつかやる男だと思ってた。あははははは」

「頑張って罪を償えよ！　バーカ！」

………………あいつら、普段からペット捜しとか散々安くて面倒な依頼をこなしてやってるのに、なんて言い草だ。

「カイトー。サンティーは俺が貰《もら》っていいよな！」

昨日飲み明かした酒場の親父が笑顔を見せていた。

「そりゃ無理だ。明日はお前が捕まるんだからな」

と言葉を返す。

すると今度は石が飛んで来た。

一個や二個じゃない。数多くの小石が投げつけられる。

「……あなた、嫌われてるわね」

哀れみの目を向けてくれたのは、右横を歩く騎士だった。

若く可愛《かわい》い女の子の騎士。

この石の意味が分からないってことは、新米だな。

まあ、教えてやる必要もないだろう。

「……俺に人気があれば、カフェは繁盛しているさ」

王宮へ向かうと、てっきり地下牢獄《ろうごく》へ投獄されると思っていたが、意外にも豪勢な部屋に通された。

赤い絨毯《じゆうたん》に赤いソファー。赤いカーテンと、趣味の悪い部屋だ。

手錠のようなモノもなく、とりあえずソファーに腰掛けていると、一人のおっさんが部屋に入ってきた。

「よう、おっさん」

「おっさんと言うな。お爺《じい》さんと呼べ」

いつもの英国紳士のようなスリーピースではなく、軍人らしい制服だった。

左胸には勲章がじゃらじゃらと鬱陶しく付けられている。

「そういう格好だと、東郷平八郎《とうごうへいはちろう》みたいだな」

と呟《つぶや》く俺を無視して、おっさんは部屋に入ったところで深い溜息《ためいき》と共に首を横に振る。

「……カイトーよ。一体何があった？」

「……まず、俺が置かれてる状況が分からんから、何から何まで話せばいいのやら」

「では、カイトー。テバウという魔導師は知っているか？」

「……少なくとも、名前はな。そのテバウ氏が何か？」

「自宅で殺された」

「…………殺された？　いつ、どこで？　なんで……」

やっぱり、訃報ってのは心に響くな。切なさがとん、と胸を打つというか。それが、どんな人間の訃報でも。

「自宅で。昨日の夜に、だ」

「……そうか。死因は？」

「剣で首をばっさりだ」

「剣……か」

記憶に無いな。俺は剣を持って行ってないし、指輪捜しのときにも剣を見ていない。

「凶器は現場に残されており、家中指紋が残されていた」

この世界は電気もないが、指紋認識することが出来る技術があった。

俺がこの国に訪れた頃の警察、騎士団は腐りきっていて、ちょっと気にくわない奴《やつ》がいたらしょっぴいて拷問のようなことをしていた。

そんな冤罪《えんざい》だらけの現状に憂いを感じていたおっさんに『指紋は一人一人違う』と俺が教えたんだだが、その結果、この国に住む者はみんな指紋を登録することになり、こういう事件があると指紋が決め手になるようになった。

逮捕されても、騎士団ではない第三機関に指紋認証を申し出ることが出来るようになったんだ。

パソコンもないが、魔法による自動認識システムがこの王宮にある。

この東の王都で犯罪を犯すときは指紋を残さない。これが鉄則となった。

その結果、少なくとも冤罪や腹いせで逮捕されるようなことは大分減ったそうな。

「……なるほど。その指紋が、俺のだと」

当然、言い出しっぺの俺も指紋を登録していた。

テバウ宅は、確かに俺の指紋だらけだろうな。

まさか自分が提案したシステムのせいで冤罪に巻き込まれるとはな。

「うむ。騎士団の見解としては、君が暗殺の仕事を請け負い、テバウ氏を殺害したということになっている」

「暗殺の仕事？　俺がか？」

「私もそれは信じがたいが、君は報酬次第で様々な仕事を受ける。そして昨日、大金を手に入れている」

「……二万ゴールドだな。だが、それはテバウ氏から貰った報酬で……いや、その証拠はないか」

「カイトー。昨日、何があった？」

俺は指輪捜しの件をおっさんに話した。

全く、ルリからの依頼が、ただの指輪捜しで終わる訳がないと思ってはいたが、まさか暗殺者にされちまうとは。

「……………………ってことで、二万ゴールドの報酬を貰った訳だ」

おっさんは口出しもせず、扉の前で腕を組んだまま、ただただ話を聞いてくれていた。

「その話、ワシは信じるが……果たして騎士団長が信じるかどうか」

「騎士団長ってのは、お堅い人物なのか？」

「会ったことはなかったか？」

「ああ。街を警邏《けいら》する騎士ですら、顔を覚えていないさ。普段から王宮に籠もってるトップなんか、名前も顔も知らねーよ」

普段からご厄介になっていないと、警察関係者と仲良くなることなんかない。

それが、交番勤務ならまだしも、警視総監や警察庁長官となれば、みんな、名前も知らないだろう。

騎士団長というのは、そんなレベルの人間だ。

連行されても、こうやって顔を合わせる訳でもない。

「頑固だが、話せば分かるタイプではある。ちゃんとした証拠さえ揃《そろ》えれば、だがな」

「……証拠、か。なあおっさん。俺に少し猶予をくれないか？」

「濡《ぬ》れ衣《ぎぬ》を晴らすチャンスが欲しいということだな？」

「ああ」

「いいだろう」

もう少し説得が必要だと思ったが、あっさりとおっさんは答えた。

「いいの？」

「止められはしないだろう？　君がその気になれば、投獄しても王宮ごと木《こ》っ端微塵《ぱみじん》に破壊して脱獄出来るのだから」

そこまでする気はなかったけど、まあ出来なくはないだろうな。

爆裂系の魔法が、一番得意だから。

「なるほど。それで俺を牢獄じゃなくこの部屋に連れてきた訳か」

「牢獄へ入れてしまうと、君がこの王宮をぼろぼろにして、国外へ逃げてしまう可能性があるからな」

「話を聞いてくれれば、逃げたりはしないさ」

「……話だけで覆せるような事件ではない。私は信じているが、反論も出来なかった。最初から、君にこの事件の調査を依頼するつもりだったのだよ」

「真犯人を見つけるしか、ないってことか。出来れば、それは騎士団でやって欲しいものだな」

「騎士団の見解では、君が真犯人だからな。チャンスはやるが、監視を付けさせて貰う」

「まあ、当然だな。出来れば、可愛い女の子をお願いしたいもんだね」

「そう言うと思って、一番若い女性の騎士を選んだ」

「さすがおっさん。話が分かる」

「……猶予はあまり与えられない。君は今から、脱走した凶悪犯になるのだから」

「…………え！　今のやりとりは全部ここだけの話か？　騎士団から猶予を貰ったんじゃないのか？」

「言ったろう？　私は反論も出来なかったと」

おっさんは部屋の扉を開けて、見張りをしていた騎士にぼそぼそと何かを呟く。

恐らく、件《くだん》の『監視役の女』を呼んだのだろう。

「その監視役の女はどうなんだよ。話して、分かってくれるのか？」

「彼女ならば心配ない」

「どうして」

「アホだからだ」

俺は、なんとも言えない顔をした。

どう形容して良いのか分からない。素《す》の顔だ。

「…………心配だよ、馬鹿野郎。何故《なぜ》その子が適任だと？」

「彼女は何でも信用してしまう。いい子と言えばいい子なのだが、正に何でも信じてしまうのでな。今までも何度か、犯人の『俺はやってない』を鵜呑《うの》みにして、取り逃がしてしまった記録が残っている」

「俺はやってないって言って信じてくれる奴か……確かにアホだな」

「人を疑うことを知らなければ、騎士という仕事は出来ないだろう」

「じゃあ、なんで騎士として雇ってるんだ？」

「剣の才能が、歴代の騎士と比べても飛び抜けているのだ。今現在ですでに騎士団長クラスだ」

「脳筋って奴だな。うちのパーティにもいたよ」

「脳筋？」

「脳まで筋肉で出来ている、戦闘バカのことさ」

「ははは。ならばそれで合っているだろう」

こんこん、とドアがノックされ、一人の少女が入ってくる。

「ご機嫌麗しゅうございます。ディーニアス卿《きょう》」

部屋に入るなり、スカートを少し摘《つ》まんで、慎《つつ》ましくお辞儀をする。

「よく来てくれた。シューティア・フローデ」

シューティア・フローデと呼ばれたお目付け役は、まだ若い女の子だった。

鎧《よろい》姿にスカートという出《い》で立《た》ちで、ブロンドの髪。

大きな瞳に小さな唇。

身長は一五〇センチ程度だろう。

脳筋とは思えないほど、淑《しと》やかで麗《うら》らかだった。

その顔には、見覚えがあった。

俺がここへ連行されるとき、横にいた新米の騎士だ。

新米なのに、凶悪犯を取り囲んで連行するときに、真横に配置される。

確かに、戦闘能力の評価は高いのだろうな。

「その挨拶じゃダメだ」

と俺はぼそりと呟いた。

「え？」シューティアはきょとんとした目で俺を見る。

「俺は魔導師だ。魔導師がいるときは、スカートをもっと上げて、下着を見せて挨拶をしないと」

「ええ！　ホントに？」

「ホントホント」

「ううー。ご、ご機嫌麗しゅう……です。魔導師様……」

シューティアは顔を真っ赤に染めて、相当恥ずかしそうに、ゆっくりとスカートを持ち上げた。

純白のパンティーが目に眩《まぶ》しい。

こりゃあ、本当にアホな子だな。冗談で言ってみたのに。

こほん、とおっさんが咳払《せきばら》いをすると、シューティアはスカートから手を放した。

「はっ！　よく見たらあなた！　さっき連行されてきた凶悪犯っ！」

「シューティア、彼は無実だ」

「え！　ええ！　暗殺者じゃないんですか？」

「そうだ。今から彼と一緒に真相を解明してもらいたい」

「そうだったんですかー。了解しました！」

「質問も何もないのか？」

あっさり了解し、びしっと敬礼してしまうシューティアに、俺は驚いた。

「ありませんけど？　真相は解明すべきですし！」

凄《すご》い奴《やつ》がいたもんだ。と感動すら覚えていた。

「じゃあ、行こうか」

「おいおい、そっちから出ていったら捕まってしまうぞ」

扉を開けて部屋を出ようとした俺を、おっさんが止めた。

おっさんは、窓にすっと指を向ける。

「はあ、これで、俺は無実ではなくなっちまうな」

嘆息をした俺は、シューティアの手をとる。

「な、なななな！」

シューティアは顔をリンゴのように真っ赤に染めて、肩を竦《すく》めたが、無視する。

そして、窓をぶち破って外へ飛び出した。

乱暴に出ていかないと、おっさんに迷惑が掛かる。

おっさんが逃がしてくれたんじゃない。俺が逃げたんだ。

そう、周りに思わせるためだった。

「ちょっと！　あなたねぇ！」

シューティアが驚いた表情で俺を見ていた。

俺は屋根を走り、急いで外へと向かうが――

シューティアは俺の手を振り払って立ち止まる。

「あ、ああああなた今の！　今のは何っ！　なんなのぉーっ！」

「よく見てなかったか。あれは風で急に割れたんだ」

「え？　そうなの？」

「そうだ」

「なんだ、風のせいか。って、そっちじゃなくて！」

「そっちじゃなくて？」

「乙女の手を急に触るなんて！」

「あー、すまん」

「て、手を触るなんて……私に、一目惚《ひとめぼ》れしたってことよね」

顔を赤らめて、こいつは何を言い出したんだと俺は言葉を失った。

「なんでそうなる」

「私を好きにならないと、手なんて握りたいと思わないじゃない！」

「別に、そんなんじゃねえよ」

「ツンデレっ！　ここでツンデレ技発動っ！」

「いや、お前の勘違いだ。別に、好きだから手を取ったんじゃない」

「さらにツンデレを被《かぶ》せてきたっ！　やだっ。ちょっと可愛《かわい》い」

もう誤魔化《ごまか》すのも面倒になってきたが、どう言えばいいのやら。

「さっき、ディーニアスのおっさんが言ってたろ？」

「何をよ」

「俺に協力して真相を解明しろって」

「言ってた」

「その任務の中に、手を繋《つな》いでもいいって意味が含まれてるんだよ」

「そうなんだー」

こいつ！　本当に何でも信じるのか？

俺はウブで純真なシューティアを面白いと思い始めていた。

それは、憧れだということにも気付いていた。

探偵業をやっていると、全てを疑うような人間になる。

こんな、何にも疑わない真っ白な心に、憧れと尊敬の念を抱いていたんだ。

と同時に、この子は三歳児なのかな？　とも思っていた。

そんなやりとりをしていたせいで――

「待て！」「逃がすな！」

割れた窓から、騎士が顔を出す。

追っ手が早いな。さすが騎士団の本拠地、王宮だ。

もう一度手を取る――のはやめておこう。

「行くぞ。俺に付いてこい」

「えっ――でも私……」

シューティアは顔を真っ赤に染めて恥ずかしそうに俯《うつむ》きながら、俺の後に続いた。

………何やら嫌な予感がするが、赤く染めた理由は聞かないでおこう。

「いいから、来いっ！」

「わ、分かったわ。こうなったら私、覚悟を決めるっ！　まだ出会ったばかりで何も知らないけど、あなたに、付いていくからね！」

「ああ、俺を信じてくれ」

俺とシューティアは屋根を全速力で走った。

いや、俺は全力だったが、シューティアは流しているように思えた。

身体能力は高いらしい。

「うん。――で、なんで逃げてるの？」

「あいつらは暗殺者に騙《だま》されて俺を追ってるんだよ。お前だって騙されてただろ？　無実を証明しない限り、騎士から逃げなきゃなんねーんだよ」

「なるほどー」

「それとも、お前も俺を追いかける側に回るか？」

「ううん。だって、無実なんでしょ？」

「ああ、そうだ」

「ディーニアス卿にも真相を解明しろって勅命受けたし」

「あのおっさん、もしかして偉いおっさんなのか？」

「うん。王の次に偉いおっさん。でも、どこへ行こうと言うの？」

「現場百遍って言ってな。まずは、犯行現場へ行こうと思う」

「ってことは、貴族街？　ど、どうやって行くのよ？」

屋根を伝って行っても、王宮は城壁に囲まれている。そして、城門は固く閉ざされ、騎士が待ち受けているだろう。

「門には行けないな」

「じゃあどうやって」

「城壁を突破して――エル・ラムドっ！」

俺は手の中に光の球を作り出す。爆裂魔法の中でも上級の魔法だ。

早速投げてみましょう。

屋根を走りながら、俺は城壁目掛けて光球を投げつけた。

轟音《ごうおん》が王都中に響き渡る。光球が急激に巨大化、大爆発を起こしたのだ。

「な、なななななななんなのぉーっ！」

シューティアの驚きの声の方が驚いた。

城壁はぽっかり穴が空いている。というより、一角を消し飛ばしてしまった。

爆風で城壁の向こうにある建物の一部もちょっと崩壊してしまったが、それは本当に申し訳ないと思っている。

「ほら、行くぞ」

俺は一人屋根から飛び降りて、庭に降りる。

四階ほどの高さだったが、着地の瞬間に風の魔法を地面にぶつければ衝撃を相殺してすんなり降りることが出来る。

「行くぞって！　こ、ここを飛び降りるのっ？」

まあ、さすがにこの高さを飛び降りるのは怖いわな。

「大丈夫だ。俺が受け止めてやる」

「え……わ、私を受け止めてくれるの？」

「ああ、任せろ」

「でも……私、重いって言われるよ？」

「心配すんな。ちゃんと受け止めてやる」

「……うん」

ぴょん、とシューティアは飛び降りた。

俺は風の魔法を壁にぶつけ、巻き起こる上昇気流でシューティアの体を支えた後、両手で受け止めた。

「あ、あう……」

シューティアは顔を真っ赤にさせて、俺に抱きついた。

よっぽど怖かったのだろう。少し涙目だった。

すぐにシューティアを立たせると、彼女は目を丸くして、穴の空いた城壁を呆然《ぼうぜん》と見つめていた。

「あなた、何者なの？」

「名乗ってなかったな。俺はカイトー。探偵だ」

「へえー、探偵って上級魔法が使えるんだー。——あれ？　探偵って、何？」

そんな質問は無視して、大きく空いた穴からさっさと王宮を出る。

城壁はあっても堀はない。

城壁の先は、もう貴族街の端の端だった。

「思いっきり走るぞ」

と言って走り出すと、俺を追い越してシューティアが駆けていった。

はえー。犬ぐらいはえー。

あいつ、もしかして普通に四階からすたっと飛び降りることが出来たんじゃないか？

ってぐらいの脚力だった。

何よりも、躊躇《ちゅうちょ》がない。

俺は急いでテバウ宅へと向かう。

途中で騎士を見たが、家の陰に隠れてやり過ごした。

「カイトー！　こっちこっちー！」

テバウ宅の前で、シューティアが手を振っていた。

……呼ばないで、シューティアさん。バレるから。

全力ダッシュでシューティアと合流、そのまま家の中へと入る。

鍵が開いていて助かった。

誰にも見られていないはずだが、急いで調査しないとな。

「シューティア。現場のことは聞いているのか？」

乱れに乱れた息を整えて、シューティアを見る。

「うん？　まあ、一応」

シューティアは全然息を切らしていなかった。

「犯行現場は？」

「そっか。カイトーは殺してないんだもんね。どこでテバウさんが死んでいたか分からないか。こっちだよ。こっち」

シューティアに連れられた場所で、俺は頭を抱えた。

犯行現場は――トイレ。

狭いトイレ内が、血痕で汚れている。

よほど思い切って斬ったんだろう。血しぶきは廊下まで飛んでいた。

遺体はもう引き取られているようでここには無かったが、便座の上に座らされていただろうことは、血痕の無い部分から想像出来る。

テバウ氏の体格も、ある程度――

「なるほどな。やっぱり、そういうことだったのか」

トイレの惨状、特徴をメモに書き取りながら、俺は呟《つぶや》くように言う。

「どういうこと？」

「俺は、確かにあのとき、ここでテバウ氏と会った」

「え！　じゃあやっぱり殺害犯っ！」

「いや、とりあえず聞いて」

「うん。とりあえず聞く」

「俺が会ったのは、『テバウ氏を名乗る人物』で、本人だと確認した訳じゃない」

そうだ。初めて会った時から、俺はあのテバウ氏がこの家の主《あるじ》ではないと考えていた。

指輪を見つけたとき、魔法障壁を解除出来なかったのはまだ分かるが、二重底の存在を知らないのはおかしい。

「うー。どういうことぉ？」

すでにシューティアの海馬の許容量を超えていたっぽいが、気にせず俺は続ける。

これは、他人に説明しつつ自分自身にも言い聞かせて整理する、よくある方法なんだ。

「俺に仕事を依頼したのは、恐らく殺されたテバウ氏だが、実際俺が会った奴《やつ》こそが、真犯人ってことさ」

「なんでそうなるの？」

「……トイレを貸してくれなかったのは、ここにテバウ氏がいたから。あのとき、強引にでもトイレに入っていれば、もしかしたら助けられたのかもな。シューティア、死亡推定時刻は聞いてるか？」

「二二時ぐらいだって聞いてる」

「くそっ！　だったらやっぱり、俺がこの家にいたとき、まだ……テバウ氏は生きていたんだっ！」

つい、声を荒らげてしまい、シューティアがびくっと怯《おび》えた表情を見せた。

あの偽テバウの目的は、指輪だった。

指輪を捜しにこの家に来て、テバウ氏をトイレに拘束。そこへ俺が来たから、俺に指輪を捜させた。

そのとき、テバウ氏はトイレに監禁されていたんだ。

そして、まだ生きていた。

指輪の在処《ありか》を、まだ聞き出していなかったからだろう。

俺が指輪を見つけてしまったから、テバウ氏を生かしておく理由がなくなってしまった。

あの場でしっかり推理すれば、この事実に近づけたかもしれない。

悔やんでも、悔やみきれない。

「カイトー……」

シューティアは、まるで捨てられた子犬でも見るかのように、寂しそうな表情を見せていた。急に俺が声を荒らげたもんだから、心配になったのだろう。

「すまん。取り乱した」

「うん」

「この家に来たとき、俺を出迎えた真犯人は、応接間へ通してくれた」

「うん」

「そこで、指輪を捜すように言われたんだ」

「うんうん」

「だが、依頼の報酬が違っていた」

「そうなの？」

　あのとき、偽テバウはこう言った。

『二万ゴールドという額は、妻に不倫がバレて離婚となったときの慰謝料に比べれば、大した額ではない。資産の大半を失うことになるからね』

　二万ゴールド。二万。二万――

「奴は、今回の依頼料を二万だと思っていた。だが、実際テバウ氏が払う金額は、五万なんだよ。紹介料でぼったくる奴がいてね」

「ヒドいぼったくりだ」

　報酬が二万だけだと思っていたのは、テバウ氏が俺のために用意していた金貨を見たからだろう。

　つまり、奴はルリに会っていない。

　これだけでも、本来の依頼者ではないことが分かる。

「テバウ氏は、もしかして背が高いんじゃないか？」

「うん。カイトーよりも頭一つ大きいと思う」

靴を見たとき、俺の靴より大きかった。だが、あのテバウもどきは俺と背丈があまり変わらない。むしろあいつの方が低かったはずだ。

トイレの中には、これといった手掛かりはなかった。

犯人は手袋をしていなかったが、今思えば、極力モノには触らないようにしていたように思える。

手伝おう、と言われたときに断っていなければ、どうしただろう。そのときは手袋を嵌《は》めていたのかな。

くそ。こんなことになるなら、あの時色々な行動を取らせるべきだったな。

その後、応接間も書斎も見てみたが、俺が出て行ったときと全く変わりはなく、床に糸くず一つ落ちてはいなかった。

まあ、あったとしても、もう騎士団が回収済みなんだろうな。

「次はどうするの？」

「寝室へ行ってみるかな」

偽テバウは言った。

『トイレと寝室は毎日使っている。そこにあれば見つけているさ。君は、トイレと寝室以外で捜してくれればいい』

あのとき、トイレを貸して欲しいという話しかしていなかったが、寝室も入るなと言っていた。

プライベートな空間だからだと納得していたが、もしかしたら、寝室にも何か入られたらマズイ理由があったんじゃないか？

ということで寝室へ向かう。

「寝室はこっちよ」

シューティアは一度捜査に参加しているのか、家の間取りを完全に把握しているようだった。

二階奥の部屋。

書斎から二つ隣の部屋だった。

がちゃっと戸を開けると、絶句する。

寝室は、これでもかってぐらいに荒れていた。

タンスの引き出しは半開き。焦っているときのドラえもんぐらい、中身がぶちまけられている。

壁紙はところどころ焼け焦げていて、シーツも布団も切り刻まれている。

「ここで、戦闘があったな」

「そうなの？」

「この焦げ方……放った魔法は下級の炎系魔法。テバウ氏の魔導師としての腕は、あまりよくはなさそうだ」

「へえー。でも、テバウさんはかなり高名な魔導師だと聞いてるわよ？」

「言い方が悪かったな。戦闘は慣れていないか、得意じゃない魔導師だ。恐らく、高名なのは学者系だからだろう」

「学者系って？」

「魔導についての研究をするタイプ。新しい魔法や、既存の魔法の新しい使い方なんかを日々探しているような奴さ」

「魔導師にも色々いるんだー。カイトーは？」

「俺は……まあ」

魔王を倒すために頑張って勉強したが……俺には学者的な才能はなかった。

まあ、指紋認証であるとか、水洗トイレの提案はしたが、完成品のイメージを伝えることぐらいしか出来ず。ちゃんとした理論やシステムを知っていれば、もっと効率的なシステムを提供出来ただろう。

俺に出来ることは——破壊。とにかく攻撃的な魔法しか上手《うま》く扱えなかった。

とにかく、寝室に何か手掛かりがないか、調査を開始しようとしたときだった。

がらっと窓が開き、ナイフが飛んで来た。

咄嗟《とっさ》にシューティアに体当たりをして、ナイフは俺の左胸に刺さり、血が噴き出す。

「わ、私を庇《かば》って……大丈夫っ？」

「ナイフが刺さって大丈夫な奴なんか、いるかよ」

黒衣にじんわりと血が広がっていく。

凄《すご》く痛い。良い子のみんなは絶対マネしちゃいけない痛さだ。

そして、窓から一人の男だか女だかも分からない人間が入って来た。

顔は、仮面で隠されていて分からない。うさぎのような顔の仮面だ。

「何者ぉー！」

シューティアが声をあげ、腰に携えた剣を抜く。

侵入者は黒衣を纏《まと》っているが、魔導師って訳でもなさそうだ。

シューティアの問いかけには答えず、侵入者は左手にナイフを逆手で持ち、ウエストポーチのようなモノに右手を掛けた状態で、襲いかかってきた。

「答えなさい！　何者なのっ！」

散らかった足場の悪い寝室。シューティアの持つ剣より、侵入者のナイフの方が有利だと俺は思った。

だから、助けに入ろうと思った。――が、結果的に、俺はまだ、シューティアのことを甘く見ていた。

シューティアが剣を振るう。

その剣の動きは、全く見えなかった。

速い。あまりにも速い動き。

しかも、正確だった。

シューティアは、ナイフの刃だけをばっさりと斬り伏せたのだ。

見た目からは考えられないような一振りに、侵入者も驚いたようで、刃のなくなったナイフを捨てて、距離を取る。

そして、口笛を吹くと、窓からさらに二人、同じ格好で同じ仮面の連中が入って来た。

仲間がいたことが分かり、俺は瞬時に判断した。

これは、一筋縄ではいかない、と。

「逃げるぞシューティア！」

俺はシューティアに手を差し出した。

「あっ――うんっ！」

一瞬戸惑いを見せたが、すぐに俺の手を取った。

俺は寝室の戸を開けながら、炎の魔法を使う。

といっても、この家や侵入者を燃やす訳じゃない。

「ラフレイム！」

あえて、炎の魔法を、『失敗』した。

不完全燃焼で、煙を充満させるためだった。

俺の掌《てのひら》から、もくもくと黒煙が立ち上り、見る見る内に寝室は黒い煙に包まれていく。

その最中、俺はシューティアと寝室を出た。

「こ、ここで殺さなくていいの？」

シューティアがこほこほと咳《せ》き込みながら聞いてくる。

「俺は殺人容疑を晴らすために動いてるんだ！　ここで人を殺してどうする！」

急いで階段を降りて、玄関へ向かう。

「そ、そっか！　でも今のは、向こうから殺しに来たんだし！　正当な防衛だと思うけど！」

「……殺しは、もうしたくないんだよ。コバエの一匹もな」

もう、という言葉に、シューティアの眉がぴくりと動いた。

以前殺したことがあると、気付いたんだろう。

アホではあるが、全くの無能でもないらしい。

「とにかく逃げるぞ」

「う、うん」

俺はシューティアと一緒にテバウ宅を出る。

「逃げるってどこへ逃げるの？」

「とりあえず、俺の家へ向かう」

「家？　え？　カイトーの家に行くの？」

「そうだ」

「ま、まだ早くない？」

「そうだな。だが、大丈夫だと思う」

「でも、どうやって！　貴族街から出るとき、絶対捕縛される！」

そうだ。貴族街の入り口には、常に二人以上衛兵が立っている。

城壁のときのように、入り口そのものを爆破して突破したら、追っ手が増えて家には帰れないだろう。

壊した城壁から王宮へは戻れないし、衛兵のところまで行けば、先ほどの侵入者も追っては来ないだろう。――この道しかない。

「お前がなんとかするんだ」

「ええー。なんなのぉー？」

「衛兵に止められたら、俺を王宮に連行する途中だと言えばいい」

「わ、分かった」

後ろを振り返って、敵が追ってきていないことを確認し、俺は立ち止まった。

「とりあえず手枷《てかせ》で拘束してくれ」

「うん」

騎士は、捕縛用に手枷を持っている。手錠ではなく、手枷だ。鍵ではなく、ただ拘束するためのモノだからな。

それも、紐《ひも》で出来たちゃちい手枷。と言っても、魔法障壁が掛かっているアイテムで、無理に解《ほど》こうとすると電撃が走るようになっている。

まあ、俺なら解除出来るけど。

そして、顔が見えないよう黒衣を頭から被《かぶ》り、シューティアを前にして、とぼとぼ歩いて行く。

走りたいが、今は慌ててはいけない。

貴族街の入り口には、衛兵が二人いた。

シューティアの格好を見て、騎士であることが分かると敬礼する。

彼らは言わば交番勤務で、シューティアは本庁のデカ。当然、シューティアの方が偉いということになるのだ。

だから、そんなシューティアが堂々と嘘《うそ》を言えば、信じてくれる。

入り口まで来て、シューティアはガチガチに緊張しているのが見て取れた。

初対面でも分かるレベルで。

「その男は？」

衛兵が俺を睨《にら》み付ける。

「えっと、えーっと、今、王宮に連れていく途中の凶悪犯なの」

シューティアは身振り手振りのオーバーアクションを交えてあたふたと説明する。

あまり狼狽《うろた》えてるとバレるぞ、と声を掛けてやりたい気持ちでいっぱいだった。

「凶悪犯？　全く、何をしたんですか？」

「えーっと、か、風邪と花粉症を流行《はや》らせた張本人よ」

俺は唖然《あぜん》とした。

シューティアはどうやら、嘘を吐《つ》くのが苦手らしい。

衛兵たちもあっけらかんとしていた。

シューティアの顔から、だばだばと汗が溢《あふ》れていた。

……………まずったか？

俺も内心で冷や汗をかいていたが表情には出さなかった。

最悪、ここで大立ち回りも覚悟した。

そして、衛兵たちは噴き出すように笑う。

「そりゃあ凶悪犯ですね」

「一生投獄しておいて下さい」

どうやら、ジョークとして受け入れてくれたようだった。

シューティアは恥ずかしくなって、いそいそとその場を後にする。

「ナイスジョーク」

衛兵が見えなくなったころ、俺はシューティアを誉《ほ》め称《たた》えた。

「うっさいわ！　あれしか思い付かなかったの！」

顔を真っ赤にさせながら、シューティアは手枷の魔法障壁を解いて、紐も解く。

「じゃあ、俺のカフェまで行くぞ」

「あんたねえ、脱走したことはもうバレてるんだから、自宅なんて押さえられてるに決まってるでしょ！」

「それは恐らく大丈夫だ」

「なんなのぉー」

王宮を大きく迂回《うかい》して、大通りも避けて東の東、繁華街へと向かう。

繁華街は、今日も変わらず賑《にぎ》やかだった。

商人たちが声をあげて、行き交う町民の足を止める。

主婦たちが井戸端会議をし、カップルがベンチに座って愛を語らっている。

そこに、騎士の姿は見当たらない。

そう、今ここにいる騎士は、シューティア一人だった。

「なんで、誰も来てないの？」

「直に分かるさ」

と俺が言うのと同時に、石が飛んで来た。

シューティアに当たる前に、俺が爆裂魔法で弾《はじ》き飛ばす。

「騎士が何の用だ！　王宮へ帰れ！」

「な……なんなのぉ」

小さな子供に石を投げつけられて、シューティアはショックを受けているようだった。

「みんな待ってくれ！　こいつは俺の連れだ！」

と大声で言うと、しんと静まり返った。

いてててて。大声を出すと傷口に響くな。

「カイトー？」

八百屋のおっちゃんが身を乗り出して俺の顔を確認する。

「カイトーだー」

子供が俺を指さす。

「あはは、カイトー。お前脱走してきたのか！　やるなー」

通りがかりの大男が俺の背中をばんと叩《たた》く。

「なんなの！　なんなのぉ！　そこのあなたっ！　今朝石投げてた人よね！　カイトーが嫌いなんじゃないの！」

大男へ、シューティアがびしっと指をさす。

「カイトーを？　うんにゃ、俺が嫌いなのは――騎士だ」

「まさか、朝のあの、石を投げてきたのは、カイトーにじゃなく、私たちにだった？」

シューティアには訳が分からないようだった。

騎士団が指紋などの『証拠無しでの逮捕』をしなくなって、まだ半年も経《た》っていない。

ここにいる連中は、冤罪《えんざい》や濡《ぬ》れ衣《ぎぬ》、ただの八つ当たりで騎士たちに嫌な思いをさせられ続けてきた。

その負のイメージはそうそう消えるモノではないし、騎士団も、冤罪で引っ張れなくなってからは人々が石を投げてくるような繁華街には近づかない。

それこそ、殺人事件でも起こらない限り、騎士はこの東側には来ないし、常駐したりもしない。

まあ、そのせいで軽犯罪の発生率はかなり高いが、それを解決する魔導師は沢山いる。

あと、一応……探偵も一人いるしな。

警察機関がなくとも、治安がそれほどよくなくても、ちゃんと機能しているし、住民は現状に満足しているんだ。

そのことをシューティアは知らされていないようで、現実に愕然《がくぜん》としたようだった。

騎士ってのは、みんなのヒーローで、誰からも尊敬されるような存在だとでも思ってたんだろう。……青すぎる。

騎士ってのは『人間』であって、『ヒーロー』じゃあないのさ。

「そうだ。ここは、騎士嫌いしかいないんだよ。だから、騎士が繁華街にずっといるなんてことはない」

俺は早歩きでカフェへと向かう。

「どうして？　街の治安も他国からの侵略からも守ってるのに！　なんで嫌うのよ！」

シューティアは泣き出しそうな表情で声を荒らげながら付いてくる。

「俺も今回食らったが、大した調査もせずに捕まえすぎなんだよ」

「だって、捕まえるのが仕事だし」

「間違えた事実は、取り返しがつかないんだ」

「間違えたなら、正せばいい！」

「おっさんの言うとおりだな」

はあ、と俺は溜息《ためいき》を吐きながら首を横に振った。

「ディーニアス卿《きょう》？　が、何よ」

「お前は、騎士に向いてない」

繁華街で騎士に出会うことなく、俺はカフェへと戻ってきたが——戸を開くのに、一瞬躊躇《ちゅうちょ》した。

この戸を開けたら、すぐさま首筋にナイフを突き立てられ、床に押し倒されるのではないか？　と不安だったからだ。

だが、ここで立ち止まってもいられない。

カランコロンカラン。戸を開けて中へ入ると――

「いらっしゃいませ」

サンティーが笑顔で出迎えてくれた。

「で、出来ておる！　この子っ！　ちゃんと接客が出来ておるっ！」

思わず俺はたじろいでしまった。

「……学習能力ぐらいありますよ。あの酒場の小娘のようにすればよいのでしょう？　そうしたまでです」

「全く、百聞は一見にしかねーなー。お前の方が小娘だろうが。……サンティー、あれから騎士は来たか？」

「はい、おかゆを食べていきましたよ」

「そうか。客としてなら歓迎するんだがな。サンティー、水を一杯頼む」

「はい。畏《かしこ》まりました」

俺は黒衣を脱いで、椅子に座る。

木製の椅子は、疲れている体を癒《いや》してはくれなかった。

「ふう…………あれ？　シューティア、どうした？」

俺は入り口に入ったところで下を向いて立ち尽くすシューティアに声を掛けた。

両手はぎゅっと強く握られている。

「……ヒドいよ」ぼそりと、シューティアが呟《つぶや》く。

「ヒドいって何が？」

シューティアがうっすら涙を浮かべながら呟いたその言葉の意味を、俺は理解出来なかった。

「この店の経営状態のことでは？」

というサンティーの推理は却下しておこう。入ってすぐ分かることではない……はずだから。

「私にプロポーズしたのにっ！　私も奥さんになるって覚悟を決めたのにっ！　すでに結婚してるなんてっ！」

目の端に大粒の涙を溜《た》めながら、シューティアは俺のところへやってきて怒声を浴びせてきた。

「………………うん、初耳」

全てが初耳だらけだ。彼女は一体何を言ってるんだろうか。

「結婚、していたのですか？　クソマスターのくせに生意気な」

「いやいや、してないしてない。冗談でそういう話をしたけど、お前断ったろう？」

「私？　いつのことです？　記憶にないですが」

「ほら、酒場で――あの日のことお前覚えてないか」

「この浮気者ーっ！」

シューティアの振り上げた拳を、俺は手で制する。

「待て待て待て待てぇい！　一つ一つ確認させて欲しいんだが、俺、プロポーズなんかしたか？　いつした？」

「俺に付いてこいって」

「……それは言ったけどだな」

屋根の上でのことを思い出し、俺は頭を抱えた。だが、それは一緒に逃げるぞって意味であってだな――

「ふむ。確かに『黙って俺に一生付いてこい』は立派なプロポーズですね」

「サンティー。お前、ややこしくする気だな？　止《や》めて？」

「俺を信じろとも言った」

「……そりゃ言うだろ。それは」

それを言わなきゃ殺人犯だと思われたままだろうからな。

「ふむ。それもプロポーズと言えますね」

「私を受け止めてくれるとも言った」

受け止める？　はて、どれのことやら――あ、屋根から飛び降りるときの話かっ！

「いや、それは物理的な話でだな」

「私の愛は重いってよく言われるけど、それでも受け止めてくれるって言ったっ！」

「……その話したかなー。どうだったかなー。あ、重いけど大丈夫かって言われたような気はするけど、それは体重の話だと――」

「全てを受け止める。これも最早《もはや》プロポーズと言えるでしょう」

「私の初めても強引に奪ったし」

「……このダニマスターが。朝、目覚まし時計と間違えてマンドラゴラを引き抜き、確実に死ねばいいのに」

サンティーが睨《にら》み付けてきた。

「どれのことだか分からないんだが」

「私に、手を出したじゃないっ！」

「ゲスマスター、私も手を出していいですか？」

「サンティー。ナイフを置きなさい。マジで怖いから。——手を出すってあれだ。手を『差し出した』んだ。初めてってのは恐らく『手を繫《つな》ぐ行為』だ」

「私を抱いたのは、ただの遊びだったとでも言うのっ！」

「クズマスター。やはりあなたは手足を縛った状態で大海原に投げ出されて確実に死ぬべきです」

「……抱いた、じゃないからね。抱き止めた、だからね」

「抱いてるじゃないですか」

俺はあたふたしていた。サンティーの誤解とシューティアの勘違いを両方捌《さば》くにはどうすればいいのかと。

「自宅に呼んだし！」

「安全だと思ったからだ」

「私はまだ家まで行くのは早いって言ったけど、大丈夫だって強引に誘ったし！」

あのときの『まだ早い』は恋愛的な意味でだったのか。

「シューティア。お前は勘違いをしている」

「勘違い？」

「このアホマスターと私は、結婚などしていませんよ」

サンティーからの援護射撃。

「そうなの？」

「まあ、サンティーはここの従業員だが、それ以前にだな。プロポーズじゃない」

「ここでまたツンデレっ！　ちょっと私がツンデレ好きだからって！」

「知らねーよ！　お前とも、今は……そうだな。ただの知り合いだってことだ」

「結婚を前提とした同棲《どうせい》を前提とした恋人を前提とした友達を前提とした知り合い……ってことね？　つまり、恋人っていう言葉が恥ずかしいってことね？　ツンデレ度が高すぎるわよ、それ」

……………これは参った。

否定した言葉をツンデレだと取られれば、もうどうしようもないじゃないか。

「……もう、それでいいや。頭が痛くなってきた。あと、傷も——」

もうベッドに横になりたい気分だが、その前に傷の手当をしておかないと。

「ちょっと！　凄《すご》く血が出てるじゃない！　なんで黙ってたのよっ！」

黒衣を脱いだ俺の肌着が血だらけだったのを見て、シューティアが寄ってきた。

シューティアの元気な声が、胸の傷に響く。

そこへサンティーが、水と救急箱を持ってきてテーブルに置く。

「サンティー。気が利くな」

「騎士相手に脱獄してくるのだから、怪我《けが》の一つぐらいしてるかなと思いまして」

サンティーの笑顔が眩《まぶ》しい。

「あんた魔導師でしょ？　魔法でちょちょいっと傷癒せないの？」

「やれるならやってるさ。俺は……攻撃魔法しか使えないんだ」

「ヘボ魔導師っ！　そっちのあんたは？」

「ヘボマスターに同じく、無理ですね」

「全く、誰か回復魔法が使えるような…………………あ。私使えるんだった。忘れてた」

「…………何故《なぜ》そんな大事な能力を忘れられるんだよ」

「つ、使う機会が無かったんだから、しょうがないじゃないっ！」

「……頼めるか？　実はかなり痛いんだ」

「………………やっぱりやめとこうかな」

シューティアは何故か顔を真っ赤に染めて視線を逸《そ》らした。

「なんでだよっ」

「人を救うのが騎士なんじゃないですかね」

というサンティーの声に、シューティアは観念したように溜息を吐く。

「わ、分かったわ。うん。そうね。もう手も繋いだ仲だし……私も嫁としてこんなことを恥ずかしがってる訳にはいかないし」

ぼそぼそと誰にも聞こえないウィスパーボイスで何やら呟いていた。

「頼む」と真面目な顔で言うと、シューティアは覚悟を決めたように「よし」と呟いた。

「──そんかわり、顔あっち向けててね」

「ん」顔を横に向けろという指示に疑問を抱いたが、その理由はすぐに分かった。

シューティアの回復魔法のやり方は──傷口にしゃぶりつくという方法だったからだ。

一度断った理由もその方法のせいだろう。

小さな唇で、傷口をはむっと挟み込み、ちゅーっと血を吸われている気がする。

はむはむと唇が動き、くすぐったさと気持ちよさに俺は思わず興奮していた。

「最低な行為ですね。……ゲスマスター、マッチ棒のように崖に後頭部を擦《こす》り続けながら落下して確実に死ねばいいのに」

恐らく、サンティーはこの行為を俺が教えたと考えているのだろう。

魔法ってのは、体中のどこからでも発動出来る。

一番集中しやすい手や指から出すのが一般的だし、この回復魔法も手を当ててるだけで出来るはず。

誰かが、シューティアにこの口づけを教えたのだろう。

こうしないと、魔法は発動しないとかなんとか。

そして、何でも信じてしまうシューティアは、それを信じてこれをしている。

だから、俺のせいではないんだよ。

なんて言えなかった。

だって、今すぐ注意して間違いを正すことが出来るのに、それをしないのだから。

今の俺は、確かに最低な行為で、ゲスと呼ばれても仕方が無い。

だがっ！　それでも！　俺はこのままシューティアの唇の柔らかさを感じていたい！

「やっぱりもうやめる！」

シューティアが口を離すと、傷口はほとんど塞がっていた。

痛みももうほとんどなくなっているが、完治とは言えないな。

「ヘボマスター。何かやる気を起こさせる呪文を」

「呪文？」

「ほら、昨日私に掛けた奴《やつ》」

酒場でサンティーが飲み比べをしていたとき、俺は拍車を掛ける呪文を唱えていた。

あれを、この場でやれという。

……あれって、酔っ払ったテンションか合コンのテンションじゃないと出来ないんだが……今の俺に出来ることはそれぐらいだろうし……

「シューティアの、ちょっと良いとこみってみったい。ほーれ一気、一気、一気」

なんだかんだ、俺は呪文を唱えた。

「何その妙にやる気を起こさせる呪文はっ！」

効果は、てきめんだった。

仕方が無いという表情で、シューティアがまた傷口に口づけをする。

はむはむ。はむはむ。

そうこうしている内に、完全に傷は癒《い》えていた。

シューティアは唇を指で拭《ぬぐ》ってふうと一息吐《つ》く。

「これで安心ね」

「助かったよ。ありがとう」

「あ、ありがとうなんて……」

普段言われ慣れてないのか、シューティアは顔を赤く染めた。

「サンティー、お前の傷もまだ癒えてないだろ？　シューティアにやって貰《もら》ったらどうだ？」

「いえ、私は――」

「怪我してるの？　じゃあ私に任せなさいっ！」

「あっ――」

シューティアの回復魔法のやり方を見ていて、それをされるのを恥ずかしく思ったのだろう。断るつもりだったサンティーだったが、シューティアに押し倒されてしまった。

「怪我は脇腹だ」

「ここかーっ！」

シューティアはメイド服をめくり上げ、包帯を発見する。

「ちょっ……まっ……」

シューティアの頭を手で押しのけようとするサンティー。

「よし、シューティア手伝うぞ」

怪我が治って嫌なことなんてないだろうよ。と、俺はサンティーの包帯を狙う。

「こらっ！　触るな！　マスターっ！」

「転がせっ！　シューティアっ！」

「どおりゃあああっ！」

ゴロゴロと床を転がるサンティー。そして、腹に巻かれていた包帯が解《ほど》けていく。

願わくば「あーれー」をやりたかったが、サンティーは絶対してくれないだろうからな。

ぱっくりと開いた傷口を見て、シューティアは一瞬言葉を失った。

「なんて大きな傷………脳みそ出てんじゃない？」

「シューティア。腹に脳はないぞ」

「そうなのっ！」

隙を見て、サンティーは俺たちから距離を取った。

「あっ――しまった」

「私に触れたら、殺しますよ？」

ぎろりと目が細められ、シューティアはたじろぎ、俺は息を呑《の》んだ。

だが、シューティアは諦めない。

「じゃあこうしましょうっ！　私と勝負して、私が勝ったら治療を受けて下さい」

「いや、私は別に治療を断っている訳ではなく、そこのエロマスターの前であの行為をされることがイヤなだけなのですが――」

「シューティア、サンティーっ！　その勝負に賭けよう！　俺が審判をするから」

俺はサンティーがシューティアにはむはむされるのが見たくて仕方がなかった。

「……まあ、勝負事は嫌いではないですが……勝てばいいのですね？」

こくりと俺とシューティアが同時に頷《うなず》いた。

「何で勝負する？」

シューティアは俺の方へと顔を向けた。

「そうだな。じゃあ、『似顔絵対決』で。俺の顔を描いてくれ」

「ふっ、私絵は大得意よ」

にやり、と不敵な笑みを浮かべるシューティア。

「畏《かしこ》まりました」

いつも通り、感情を表に出さないサンティー。

「制限時間は三〇分ぐらいかな」

という俺の言葉を受けて、サンティーはちらりと時計を見る。

「いえ、五分でいいでしょう」

「ご、五分で！　やってやるわよっ！」

こうして、似顔絵対決が勃発した。

A４程度の大きさの紙に、ペンでお絵かきをして、五分後——

「出来たか？」

という俺の言葉に、二人はうんと頷いた。

まずはサンティーから。

どうせ、俺を悪く描くと思いきや……その絵はまるで写真のように正確な似顔絵だった。

デフォルメとかでもなく、ただただ正確な描写。上手《うま》いなんてもんじゃない。プロの域だ。

「くかっ――」

シューティアはサンティーの作品を目にして、南国の鳥のような鳴き声を発したあと、ゆっくりと絵を見せる。

それはまるで、アニメに目覚めた中学生が、俺も描いてみようかなー。お、思ったよりいけてんじゃない？　レベルの落書きだった。

誰を描いたのかすら分からない。

あまりのレベルの差に、シューティアは顔を真っ赤に染めて俯《うつむ》いていた。

そんなシューティアの手を取り、俺は宣言する。

「勝者、シューティアー」

「えっ！」

驚きの声を上げたのはシューティアだった。

だって、お前が勝たなきゃサンティーが治療を受けられないだろうが。

「サンティーはただただ俺の顔を描いたにすぎないが、シューティアは絵でしか表現出来ない絵を描いた。芸術的には、シューティアの勝ちだ」

俺自身も、何言ってんのか分からなかったが、こうするしかなかった。

「………なるほど。一理ありますね」

え！　意外とすんなり認めてくれた。

「よっしゃあああああっ！　私勝利ーっ！　私が正室！　本妻決定っ！」

喜び勇むシューティアを見て、サンティーはどこか楽しそうに微笑《ほほえ》んだ。

もしかしたら、こういう遊び、好きなのかもしれないな。結果がどうとか、関係なく。

「じゃ、シューティア。頼む」

「はーい。じゃ、患部出してー」

シューティアがサンティーの肉付きの少ないくびれにはむはむし始めたのをじっくりと眺めながら、俺はコーヒーでも淹《い》れようかなと思ったが――

「あ、そうだ豚マスター」

「サンティー、どうした？」

「銭湯に行きましょう」

ぱん、と手を叩《たた》いて、サンティーが提案する。

銭湯か。風呂は一人でゆっくり入りたいもんだが、たまにはいいだろう。

あそこは、酒場よりも情報が集まる場所だ。

現場の調査も全然出来なかったし、今日はシューティアっていう美少女もいるしな。

俺は、ゲスな顔で頷いた。


さて、この世界の銭湯ってのは、江戸時代のそれのようなものだ。

即《すなわ》ち、『仕切りなしの混浴』である。

素敵だろう？　素敵なのだ。

混浴なんて貴族や騎士には考えられないことだろうが、町民が個人で風呂を持っていることはほとんどない。

まあ、水や炎を生み出し、自在に操れる魔導師ぐらいなもんだろう。

その結果、銭湯には沢山の人間がやってくる。

女は水着で入り、男は紙パンツで入る。

裸を見られることにはさすがに抵抗があるし、風紀の乱れを防止する最終防衛ライン。

それが紙パンツなのだ。

そうだな。『全て混浴』と言えば倫理観を問われるかもしれないが、『温水プール』だとすればどうだ？　健全だろう？

健全なのだ。紙パンツは神パンツなのだ。

番台に一人につき三ゴールド払い、中へ入ると、すぐに脱衣所がある。

もう、番台から脱衣所、風呂場まで見えてしまっている開放感。

換気システムが整っていないからだろうか。変なことをしていないか番台から注意出来るようになのか。仕切りがないってのは、最初かなり抵抗があったものだ。

番台で、タオルや石けんなどが入った『お風呂セット』を受けとると脱衣所へ。

「なんなの！　なんなのぉーっ！」

シューティアは顔を真っ赤にさせ、入り口で立ち竦《すく》んでいた。

やっぱり、こいつは騎士か貴族の子なのだろう。こんな大衆浴場は初めてのようだった。

サンティーは手慣れた様子でタオルを巻き、その中で水着に着替えている。

それはさながら、小学校のプールの日の女子のようで、俺は懐かしさを感じていた。

シューティアも渋々脱衣所へやってきて、キョロキョロあたふたとしていた。

その頃には、俺はもうすでに紙パンツ状態だったので、シューティアの着替えが終わるのを待っていた。

シューティアは見様見真似《みまね》でタオルを巻いて、服を脱いでいく。
そして、着替える水着を取ろうとしたら、はらりとタオルが落ちてしまった。
初めての生着替えは、失敗してしまったようだ。
白い肌が眩《まぶ》しい。小さなお尻がぷりんぷりんだった。
「うきゃああ！」
シューティアは恥ずかしさのあまり屈《かが》んで自分の体を抱き締める。
「大丈夫か？」
俺が声をかけると――
シューティアはすっと立ち上がり、ロッカーを叩く。
木製のロッカーは砕け、塵《ちり》と化す。
（怖ぇ……）という心の声が、そこかしこから聞こえてくるようだった。
「ううう、見られた。見られたぁ。もう、殺すしか。殺すしかないよぉ」
泣きながら恐ろしいことを言うシューティア。
木製とは言え、パンチ一発で木っ端微塵《こっぱみじん》にしたバケモノ。
殺すという言葉には、説得力があった。
ショックを受けているシューティアに、サンティーが優しく肩を叩く。

「大丈夫。ちょうどみんな、見ていなかったですよ」

「ホント？」

シューティアが俺の顔を見たので、うんと頷いた。

そのあと、その場にいる全員が頷いた。

「よかったぁ。私、親から裸を見られたら殺せって言われてて、皆殺しにしなきゃって」

笑顔を見せるシューティアに、俺たちはガチガチの笑顔を返した。

こいつ、マジでやる気だったんだ、と。

怖い親だな。まあ、大事に育てられて来たんだろう。

水着に着替えたシューティアを連れて、俺とサンティーは浴場へ。

シャワーなどはなく、まるで神社の手水舎《ちょうずや》のように、ひしゃくでお湯を体に掛けて洗っていく。

石鹸《せっけん》で体を洗い、そしてしゃばーっと流す。

この体を洗うところのお湯の温度は四五度ぐらいに保たれており、熱いのが苦手な人は、入ってすぐ風呂桶《ふろおけ》に普通の水を入れて、自分好みの温度に調整するのだが、初めてのシューティアは――

「あっつーい！　よくも！　よくもーっ！」

そのままお湯を掛けてしまい、肌を真っ赤にさせていた。

そして拳を握った。

皆の脳裏に、先ほど粉砕されたロッカーが過《よ》ぎる。

「サンティー！　そいつを押さえろ！　ぶっ壊す気だ！」

俺の必死の叫びに応え、サンティーがシューティアを押さえ付けた。

「ついでに、体を洗ってやってくれ」

間一髪だ。俺は髪と体を急いで洗っていく。

髪を洗っている間、目を瞑《つぶ》っているのがもどかしかった。

シューティアが心配で心配で、目が離せなかったのだ。

「うふふ」

「何その笑顔」

ちらちらとシューティアの様子を窺《うかが》っていたら、サンティーが急に口に手を当てて笑った。

「いえ、急に娘が出来たような気がしまして」

「こいつ、お前と年齢変わらないと思うけどな」

「じゃあ、妹ですかね。……はーい、お背中流しますねぇー」

……娘、か。…………………………悪くないな。

サンティーはシューティアの後ろから羽交い締めするようにして、体を洗っていく。

「あっ、ちょ、あっ、んっ」

艶《なまめ》かしい声が広がり、俺たち男勢はごくりと喉を鳴らす。

「カイトーさぁん。誰なんですかい？　――あの騎士は」

全身傷だらけの小男に声をかけられ、俺は湯船へ向かった。

端の端に入浴すると、隣にその小男が入浴する。

湯船の隅は四一度程度。物足りない人はお湯の出るところへ行くが、俺には端がちょうどいい温度だった。

ああー。と小男とハーモニーを奏でた。

「やっぱり、騎士だって分かるもんか？」

俺は少し声量を小さくして、その小男と話す。

こいつは『コナオ』という。

ぼさぼさ頭に無精ヒゲ。身長は一五〇センチメートルを少し超えたぐらいか。

ヤクザな稼業で、裏の世界にも表の世界にも精通しており、仕入れた情報を小遣い稼ぎに売る。つまりは情報屋という奴《やつ》だ。

銭湯ってのは、疲れを癒《いや》す目的もあるが、こういう情報交換の場でもある。

酒場はテーブルを移動すれば誰かに見られたり怪しまれたりするが、銭湯にはそれがない。だから、不特定多数の情報屋と秘密裏にコンタクトを取りやすい。

俺がただ、サンティーやシューティアと一緒に風呂に入りたいという理由だけで銭湯をOKしたのでは、断じてないのだ。断じて。

「あの化物じみた攻撃力と、この日常に慣れていない感じ。まあ、あと貴族らしい教養もないってのも加味して、そうなると騎士ぐらいなもんですからねぇ」

「コナオ、お前探偵に向いてるよ」

「へへへ、嫌ですよぉ。儲《もう》からない仕事なんて」

「あいつは、俺のお目付け役だ」

「ってことはカイトーさん、無罪になった訳じゃないんですかい？」

「そういうことだ。その情報はまだ降りてきてないか。なあ、コナオ。情報、無償で提供とかある？」

「無償でってのは、やってないんですがね。まあ、あれを見せて貰《もら》えた分だけの情報はお出ししますぜ」

コナオはくいっとアゴをシューティアに向ける。

「らめっ、らめぇ、あああーんっ！」

シューティアは足をピーンとしたあと、ぐったりしていた。

あいつ、猫かな？

「テバウという魔導師は知ってるか？」

「ええ。知ってやす」

「有名な魔導師なのか？」

「カイトーさんほどじゃあ、ありませんぜ。魔導師テバウっていうと、かなりヤバイ研究をしていたと聞いてやす」

「ヤバイ研究？」

「内容までは知りませんがね。調べろと言われれば――」

「いや、その情報は高そうだからやめとく。調べる当てもあるからな」

「そうですかい」

ちらりとシューティアの様子を見てみると、もう慣れたのか、一人で体を洗っていた。

サンティーはもう湯船に入り、何やら男に言い寄られていた。

俺がコナオと話をしていたもんだから、邪魔しないように離れて入ったのが原因だろう。

俺の横にいればナンパされることもなかったろうに。

「指輪のことは知ってるか？」

「指輪ですかい？　どういう類いの？」

「こう、丸くて」

「カイトーさぁん。大抵の指輪がそうですぜ？」

「銀色で」

「カイトーさぁん。大体の指輪がそうですぜ？」

「文字が彫ってあって」

「どういう文字ですかい？」

「こう、雑に書いたサインみたいな。ミミズがのたくったと表現されそうな奴」

「カイトーさん。私には分かりかねますねぇ」

「だよな」

「どうしやす？　それも調べてみましょうか？」

「情報を買おうにも、もう、ほとんどテバウ氏からの依頼料も残ってないからなー。依頼料……あ、そうだ。おっさんの件があった。騎士団について聞きたいんだが」

「騎士団？」

「クーデターを企ててるって話、流れてるか？」

「知りませんねぇ。物騒な話だ。この国が内乱に？」

「まだ確定じゃないから、こうして話してるんだ」

「へへ、分かってやすよ。クーデターの可能性としては、なくはない、でしょうかね」

「何か心当たりでもあるのか？」

「カイトーさん。残念ですが、ここまでです」

「あー、あいつの水着キャットファイトじゃここまでしか聞けないか」

「いえ、すいやせん。もうのぼせちまいます」

そう言って、申し訳なさそうに風呂から上がっていった。

もう一度、テバウ宅を訪れるのはリスクがある。

家に留《とど》まっていても、その内また騎士が大挙してやってくるだろう。

どうしたものか。

「あーそうそう。カイトーさぁん」

「うわおっ！　まだいたのか」

「騎士がこの街にまたやってくるのは、正直お得ではないんですよねぇ」

「そうだろうな」

「そこで、カイトーさんが国外へ逃げたという情報を騎士団に流しましょうか？」

「気が利くじゃねえか。これでもう少し時間がとれそうだな。ありがとう」

「なあに、礼には及びません。これは、カイトーさんのためって訳でもないですから」

俺とコナオが、ニヒルに笑いあい、ハードボイルドな空気のまま終われるかと思ったら

――


「あっっっっっつ――――いっ！」

シューティアが湯船に入ろうと足を突っ込んで、すぐに引き上げ、拳を握る。

サンティー！　サンティーはっ！

くっ！　まだナンパされているっ！

「誰かそいつを止めろーっ！」

俺の声掛けはサンティーを探してしまったがために遅れてしまった。

拳は木で出来た湯船の縁を破壊し、四五度のお湯は溢《あふ》れて脱衣所まで流れていった。

銭湯にて、シューティアはすぐ沸騰してしまうことが判明した。

あと、戦闘能力は高く、銭湯能力が低いことも分かった。


風呂から上がり、カフェへと帰る途中――

「じゃあ、私一回帰るから」

丁字路に差し掛かったとき、シューティアが立ち止まった。

「おう。お疲れさん」

と一言だけ返し、俺はすたすたと歩き出す。

するとシューティアは俺の後ろをすたすたと付いてくる。

「…………あれ？」

「何よ」

「別の道へ行くんだと思ったんだけど」

「次で曲がるから」

「そうか」

十字路に差し掛かったところで――

「じゃあ、私一回帰るね」

「おう。またな」

すたすたすた……

すたすたすた……

「いや、なんで付いてくるんだよ」

「……うぅ、名残惜しさが後ろ髪を引いててー」

「なんじゃそら」

「帰らなきゃいけないけど帰りたくないときってあるでしょ？」

「子供かっ！　夕方の公園かっ！　また来ればいいだろ。いつでも待ってるから」

「ホント？」

「ウソなんて言わねーよ」

「じゃ、私帰るね！」

「おう」

シューティアはなんだかほっとした表情を浮かべてから、脱兎《だつと》の如《ごと》く去って行った。

「全くあいつは…………サンティー？　どうかしたか」

銭湯を出てから、サンティーはずっと思い詰めた様子で下を向いていた。今のシューティアとのやりとりも、気にも留めていない様子だったが――

「いえ。なかなか、変な子ですね」

声を掛けると、サンティーはいつもの凜《りん》とした表情に戻り、そして小さく微笑《ほほえ》んだ。

「お前も大概だがな。なんというか――うぐぅ」

サンティーに脇腹を小突かれた。一緒にするなということだろうか。

そして、そのまま二人でカフェへと帰ってきた。

「マスター。私にも出来る料理は何かないでしょうか？」

帰宅して早速コーヒーを淹《い》れている俺に、サンティーが申し訳なさそうに言った。

「良い心がけだな。じゃあ、ＢＬＴサンドでも作ろうか」

「ＢＬＴ？」

俺は、冷蔵庫という名の戸棚を開ける。

この世界には電気はないが、魔法がある。魚や肉のような食材は凍結魔法で凍結させることが出来るんだ。冷凍解凍なんてもんじゃない。凍結は時間ごと凍結させてしまう訳で、凍結解除してもぴちょぴちょにならず、取れたての新鮮さを保つことが出来る。

そして、冷たくて、凍結解除するまで永久に溶けることの無い氷のようなモノ。

それを敷き詰めて、冷蔵庫や冷凍庫にする。凍結食材の量を調整して、温度を調整する訳だな。

とまあ、見た目はただの戸棚だが、中は冷蔵庫になっているので、冷蔵庫と呼んでいる。

この世界の食材は、ほとんど我々の世界と変わらない。

言葉もそうだが、もしかしたらここは、『地球の別の姿』なのかもしれないな。

すでに切り分けてあるベーコン、レタス、スライスしてあるトマト。そして特製ソース。

キユーピーなマヨネーズを再現し、それにナポリタン用のトマトソースを混ぜたオーロラソースだ。

「これらをパンで挟むだけ。簡単だろ？」

「パンで挟むだけ……それって料理と言えるんでしょうか？」

「だったら、トーストにしよう」

俺はコンロに火を点《つ》けて、フライパンにバターを投入。パンをきつね色に焼く。

「パンを……焼くのですか？　パンはすでに焼けている食材ですよね？」

「あれ？　この世界ってトーストもないんだっけ？」

誰かがやってるだろうけど、浸透していない料理は多いが、まさかトーストを初めて見るなんてな。サンティーが世間知らずなだけか？

なんて思ってる内に、出来上がり。

トーストにソースを塗って、レタス、トマト、ベーコンを挟むだけなんだから、誰でも出来る料理だ。

「これをこう切って、三角二つにして完成だ。どうだ？　出来そうか？」

「ええ。驚くほど自信があります」

「そうか。とりあえず食べてみろ。味を知らないことには始まらない」

と俺が言ったときだった。

カランコロ――バン。

「カイトーっ！　お待たせっ！」

思いっきり戸を開いて、シューティアが入って来たもんだから、俺もサンティーも啞然《あぜん》とした。

「あなたは、帰ったのでは？」

俺が言いたいことをサンティーが言ってくれた。

「また来ればいいって、言ってなかったっけ？」

着替えでも入っているのであろう巨大なカバンを床に下ろし、シューティアはきょとんとした。

「…………………言ったわ」

俺は頭を抱えた。言ったけども、それは明日とかだと思うだろ？　別れて数分って――

「いつでもいいって、言ってなかったっけ？」

「……それも言ったわ」

俺はごしごしと手で顔を撫《な》で回した。『いつでも』なら数分後でも仕方ないよな。

「だから来たよ！」

シューティアの嬉《うれ》しそうな笑顔に、俺は文句を言えなくなってしまった。

「マスター。次から言動には注意を払って頂けると助かります」

「それは意識しても難しいと思うわ。受け取る側の問題だからな。ちょうどいい。シューティアも食べるか？」

「何何？　私のためにご飯作ってくれたの？」

「お前のためって訳ではないけどな」

「やだっ！　専業主夫オーケーだなんてっ！　なんて理想的夫っ！」

シューティアは嬉しさのあまりか、くるくるとバレリーナのように回転しながら席に着く。

「BLTサンドって言ってな。俺の世界では一般的な料理の一つなんだ」

皿に盛った三角形のサンドウィッチをシューティアのところへ持っていく。

ついでに帰宅してすぐに用意を始めていたコーヒーも一緒に出した。

どうせ苦いのは苦手だろうから、ミルクと砂糖も大量に用意。

「何この泥水……」

「ミルクと砂糖で調整しながら飲んでくれ」

シューティアは渋々コーヒーを口にする。

「苦っマズっ！　砂糖砂糖！　で、ミルク入れて……やだ！　美味《おい》しいっ！　こんなマズイ飲み物をこんなに美味しくするなんて……私、天才？」

シューティアは大量の砂糖をぶちこんだ、甘めのカフェオレを作っていた。コーヒーとミルクの割合がフィフティーフィフティーな、完全なカフェオレだ。

「美味しいですか？　その苦いだけの水が？」

「飲んでみ飲んでみ」

サンティーにもコーヒーを振る舞ったことがあるのだが、苦い顔しか見せず、お気に召さなかった。ミルクも砂糖も入れる気が起きないほどに。

だが、このシューティアが作ったカフェオレを一口飲むと――

「美味し……マスター。この商品はこれで完成なのでは？　何故《なぜ》未完成で出すのです？」

「好みに合わせて調整出来る。それがコーヒーってもんなんだよ」

シューティアはそんな俺とサンティーの会話を聞いているのかいないのか、ＢＬＴサンドをむしゃむしゃ食べていた。

「美味しいね！　このボーイズラブときめきサンド」

「ベーコンレタストマトね。変なのにときめいてんじゃねえよ」

ＢＬＴがどういう意味なのかを教えていなかった。

「私も好きです。この、ブラストライトニングトーチャーサンド」

「爆破稲妻拷問サンドウィッチってなんだよ……怖っ。一つ残らず全部怖っ」

「おかわり！　もうないの？　ソースが美味しすぎるわ。おソースが」

「いや、今からサンティーが同じのを作る。失敗してもいいから、やってみな」

「……畏《かしこ》まりました」

サンティーは厨房《ちゅうぼう》へ行き、冷蔵庫から食材を取り出す。

俺は、どうせこいつは出来ないだろうと思っていた。

だが、トーストを焼いている間にテキパキとベーコンを切り分け、焼けたトーストにソースをナイフで塗り、レタスとトマトを挟んだ。

「お前、出来るじゃねえか」

意外だった。接客も配膳も出来ないくせに、料理は出来るのかと――

「ええ。こういう死体の解体処理、熱処理、毒を仕込む作業は何万回とやってきたことなので」

「……言い方は悪いが、料理が得意なのは分かった」

「出来ましたよ。シューティ……あっ」

ＢＬＴサンドとコーヒーをお盆に載せて、サンティーがシューティアのところへ運ぶ

──途中で全てをぶちまけた。

「うきゃあああっ！　あっついっ！」

コーヒーを頭からぶっかけられ、シューティアは悶《もだ》え苦しんだ。

「配膳は一向に上手《うま》くならないな」


バタバタしたが、サンティーはトースト系、サンドウィッチ系の料理を覚えてくれた。

これで俺がいなくても店を開くことは可能だろう。コーヒーの淹れ方はまだまだ教えられないが、サンドウィッチとミルクでモーニングの提供も可能だろう。

風呂にも入ったし、飯も食ったし、今日はもう寝るだけなのだが、ここで一つ問題が発生する。

その問題とは──

「カイトー。私と一緒に寝てくれる？」

というシューティアのとんでも発言だった。

サンティーは俺を鬼の形相で見ていたが、俺は笑顔で「おっけー。何時間でも寝てやるぜぇ～ぜへへへぇ～」と答えてしまった。

向こうがいいって言ってるんだ。サンティーに文句は言わせない。

「サンティーも一緒に寝るか?」と冗談交じりに聞くと——

「あなたと一緒に眠るときは、墓の下だと思いますよ。世界中のドラマーに頭を殴られ続けて確実に死ねばいいのに」

……一緒の墓には入ってくれるようだ。サンティーにとって、俺は家族のような存在になれていたのだな、と再確認した。

そして、カフェは戸締まりをして消灯。手持ちランプの薄ら灯《あか》りを頼りに二階へ。

オイルランタンという奴《やつ》で、アラジンの魔法のランプのような形をしている。

あのランプの正しい使用方法は、擦《こす》って魔人を出すんじゃなく、火を灯《とも》すことなんだ。

「えっと………いいのか?」

「何が?」

それがないと寝られないのであろう大きな枕を持って俺の部屋に入ってきたシューティアに、再度確認を取った。

「一緒のベッドで」

「だって、夫婦は一緒のベッドで寝るもんなんでしょ?」

「………そうだな。仕様が無い」

俺は否定もしなかったし、無視もしなかった。

ただただ、心の中でガッツポーズを取っていた。

ランプの火を消して机に置くと、暗がりの中で、俺はベッドに横になる。

暗くてよく見えないが、ぎしっ――とベッドが軋《きし》んで、シューティアが俺の横に入ってくるのが分かった。

これほど胸がドキドキするのは久しぶりだ。

魔王城に入るとき以来だな。

暗がりだが、真っ暗って訳でもなかった。

キャミソールワンピースのような寝間着。

こいつ、鎧《よろい》を脱ぐと、意外とおっぱいおっきいんだな。と、生唾を飲む。

「あ、一つだけ注意しとくけどさ」

「なんだ？」

「私、寝てるときの方が強いから、気を付けて」

「…………意味がさっぱりなんだが」

「『睡剣』って言ってね。脳が力のリミッターを外して限界までパワーが出ちゃうし、意識がないから無差別で、型もないから予測不能で対処出来ないんだって」

「そうなんだ」

「そんな私と一緒に寝てくれるカイトーは、ホント私の理想の夫だわ。じゃ、おやすみ」

こいつはまた、何やら重要そうな情報とフラグと恐怖を匂わせたまま寝やがったな。

………え？　………寝た？　寝付きいいなこいつ。もう寝てるわ。

胎児のようなポーズで眠る少女に、俺は横向きになって頬杖《ほおづえ》を突きながら考える。

……でも、ちょっとだけ、ちょっとだけなら触ってもよかですばい？

手を伸ばしてみる。反応——無し。

頬を触ってみる。柔らかい。反応——あ、ちょっと笑った。でも寝てる。

では、改めまして——

そっとキャミソールの隙間から手を入れて、生おっぱいを——

かっ、とシューティアの目が開き、腕を搦《から》め捕《と》られた。

だが、目の焦点はぼやけている。寝ぼけながら、ごろりと背中を向けるように回転して俺の腕の上に乗り、関節を逆方向へぐいっと持ち上げようとする。

「折れるっ！　シューティアっ！　待っててっ！」

俯《うつぶ》せにされて、肩と肘と手首が軋んでいく腕を抜くことすら出来ない。

あ、でもおっぱいは当てられてる？　これおっぱいかな？　いやいや！

くっ！　折れるっ！　寝ていて意識がないからかっ！　容赦なく折る気だっ！

抜けないっ！　なんて力だっ！　ビクともしねえっ！

と四苦八苦しているときだった。

ずん——とナイフが枕を突き破り、ふわりと中から綿が舞う。と、同時に、俺の腕は軽くなった。

何が起こったのか、顔を上げて見てみると——

ナイフを持つサンティーの腕を、シューティアの手が摑《つか》んでいた。

もし、シューティアが摑んでいなければ、このナイフは俺の後頭部に突き刺さっていたのだろうか？　いや、サンティーの体の位置から、うなじを狙っていた可能性が高いな。

っていうか！　俺死ぬところだったっ？

シューティアに手を出すと心配して部屋に入ってみたら、案の定手を出そうとしていた俺を発見して、殺そうとした？　だが、シューティアの睡剣に防がれたってところかな。

「サンティー。見れば分かるように、シューティアは眠ってるとき、恐ろしく強くなるそうだ。心配せずとも、俺は手を出せないよ」

「…………そのようですね」

シューティアはサンティーを両足で蹴り飛ばし、さらに追撃。

「くっ――今日のところは、止《や》めておきます」

殴りかかろうとしたところで、サンティーは退散し、部屋を出て行った。

「まるでゾンビだな、おい」

標的を失ったシューティアは両手をだらんとさせたままベッドに戻ってきて、また胎児のようなポーズを取ると、目を閉じた。

俺はシューティアの頬を突《つつ》いてみる。――別に、問題はない。

睡剣が発動する条件はなんだろうな。こうやって顔を触ってる間は寝ているみたいだ。あ、気配なのか？　俺がエロい気配を出したから。サンティーが殺気を出したから発動した？

検証をしたいところだったが、それに対してのリスクが高すぎる。

また腕を搦め捕られたら、今度こそ折られる。サンティーが助けに来ることはないだろうし。

「寝てるだけなら、ホントただ可愛《かわい》いだけの女の子なんだけどな」

俺はエロい気持ちなど微塵《みじん》もなく、ただ何気に唇を親指で撫《な》でた。

柔らかく、ぷっくりしている。

と思った瞬間――がしっ、と腕を両手で摑まれた。

「しまった！　ちょっとした感情でもうダメなのかっ！」

と思ったが、シューティアの目は開いていない。

そして、そのまま俺の親指を、はむ――

ちゅぱちゅぱと音を立てて、シューティアは俺の親指にしゃぶりついてきた。

…………超気持ちいい。やべっ、これ超気持ちいい。

顔が蕩《とろ》けそうになると、シューティアの瞼《まぶた》がうっすら開かれる。

ま、マズイっ！　エロの気配を消せっ！　無心になれっ！

そう自分に言い聞かせると、シューティアの瞼は閉じていく。

ちゅぱ……ちゅぱちゅぱ……

赤ん坊がおしゃぶりを手放さないように、シューティアは俺の親指をしゃぶり続けた。

時に舌で舐《な》め回したり、時に根元までぬぬぬぬーっと出し入れしたり。

手を引き抜こうとしたが、がっちり摑まれて全く動かない。鉄か石に挟まったような気分だ。

ってことは、だ。このいやらしくも気持ちいい親指への口撃に対し、俺はエロの気持ちを持ってはいけない訳だ。

生殺しっ！　半殺しになるかこのまま生殺しを続けられるかってことか！

まあ、全部俺が蒔《ま》いた種なんだけどな。

……あー、いやだいやだ。気持ちいいけど。

第三章　おシノビノモノ

朝起きたら、騎士に囲まれているということもなく、一安心した。

コナオはもう、俺が国外へ逃げたという情報を流してくれたのだろう。

俺が目覚めたとき、すでに横にシューティアはおらず、ふやけた親指と涎《よだれ》のシミに塗《まみ》れた枕が昨日の出来事を物語っている。

で、何事もなかったように朝支度を調えて、シューティアと事件の調査に出掛けようとしたのだが――

「こ、こんな格好で……なきゃダメなの？」

シューティアはメイド服に着替えていた。

「女物の服なんか、このカフェにはそれぐらいしかないんだよ」

「あの、あの人の服、これしかないんですか！」

サンティーを指さすシューティア。

「そう言えば、サンティーはこの服以外着ないのか？」

「クソマスター。六〇億匹のゾンビに全身を噛《か》まれて確実に死ねばいいのに」

朝からずっと機嫌の悪いサンティーはこちらに目も向けなかった。

昨日、シューティアに追い返されたことがショックだったのかもしれないな。

「着ないそうだ。そもそも、お前は騎士色が強すぎるんだよ。性格も、立ち居振る舞いも。だから、それを少しでも薄めないとな。恥ずかしがってるなら、それぐらいがちょうどいいんだ」

「……でも、こんな服……動きづらいし、剣をちゃんと使えなそうだし」

「そんな理由かよっ！　見た目がイヤだとかじゃないのかよ」

「え？　可愛いじゃん。見た目」

「まあ、キモマスターの見た目は目も当てられませんが」

「うっせーよ。じゃ、行ってくるわ」

シューティアの着替えも終わったことだし、俺は早速カフェを出ることにした。

「え？　ここに籠もるんじゃないの？」

「あのな。俺はのんびり暮らすためにおっさんから時間を貰《もら》ったんじゃない訳。テバウ氏殺害事件の調査に行くんだよ」

「ふーん」

「だから、この店は頼んだぞ。サンティー」

「……はい。ミルクとサンドしか出せませんが、善処します」

「……開店休業状態だなおい……どうせ客来ないだろうけど、戸に張り紙しといて。今はサンドウィッチしかないってな」

「畏《かしこ》まりました。…………マスター」

「ん？」

「……お気を付けて」

「ああ」

俺は、そのときのサンティーの悲しそうな顔に、気付いてやるべきだったのかもしれない。

そう、何かを思い詰めているかのような表情。

何か、悩みがあるかのような表情の真意に――

さて、俺は今、シューティアと共に図書館を目指していた。

偽テバウへの手掛かりは、指輪しかないと考えていたからだ。

あの指輪がなんなのか。

コナオが言っていたテバウ氏の『ヤバイ研究』とやらに関係があるのか。

「図書館ってことは、王立図書館？」

と、シューティアが聞いてきた。

まあ、この街で調べ物をするとなれば、世界の書物の八〇％は網羅しているとディーニアスのおっさんが豪語する王立図書館だろう。

だが——王立図書館は王宮の敷地内にある。

「いや、今は王宮に近づけないからな。学校へ行く」

「学校？」

どういうことなのか、ときょとんとするシューティアに説明しながら、繁華街を出て貴族街の方へと歩いて行く。王宮前をこそこそと横断し、貴族街には入らず、さらに西へ。

俺たちの世界で言うところの学校的な施設へ向かった。

この施設の図書室に、俺は用があった。

校舎に入ることが出来る訳ではないが、図書室は一般人にも開放していた。

図書室に入ると、受付にそいつはいた。

「よう、マディア」

メガネでお下げで巨乳な司書に話しかける。

「あ、カ、カイトーさん！　あ、あのっ！　お、お久しぶりです。どうしたんです？」

マディアは俺の顔を見て驚き、急に立ち上がろうとして机に手をぶつけ、痛みに動転して椅子を倒してしまい、それを起こそうとして転んだり、せわしない挨拶だった。

むっちりとしたTシャツに、デニムな感じのジーンズ。紺色のエプロンという、ファッションに興味無しと言いたげな出《い》で立《た》ちだった。

「ちょっとお前に聞きたいことがあってな。あ、シューティアは適当にうんこ系の絵本でも読んで時間を潰しててくれ」

「なんでうんこ系に限定したのよ！　私も話聞くわよっ！」

「では、こちらへどうぞ」

俺とシューティアはマディアに連れられ、木の長いテーブルを挟んで木の椅子に座る。

「カイトーさんとお喋《しゃべ》りするの、久しぶりで緊張します」

と、マディアは照れ臭そうに言った。

このマディアは、俺が知る限り、この世界で一番の知識人だ。

コナオが『裏の情報屋』ならマディアは『表の情報通』。王立図書館にある書物なら、その全てを暗記しているという記憶力モンスターだった。

「テバウという魔導師を知っているか？」

「はい。知っています」

「私も知ってるよ？」

シューティアは喋らないでいい。この図書室を出るまでな」

シューティアはむっとした表情を見せたが、無言で頷《うなず》いた。

「テバウ氏が、何の研究をしていたかは、知っているか？」

「はい。知っています」

「さすがマディア。来た甲斐《かい》があったよ」

この国の学者系魔導師は、研究結果を王宮に提出する。

そして、その提出されたレポートは王立図書館に保存され、一般公開されている。

「さ、さすがとかそんな……テバウさんの研究はぁ……確か二五種類あって」

「その中で、一番『ヤバイ』のは？」

「ヤバイ？　んー。誰に対してどうヤバイのでしょうか？」

「じゃあ、一番最近の研究でいい」

「でしたら、『契約の指輪』についての研究ですかねぇ」

「それだっ！　さすがだよマディア。お前を頼って正解だったわ。どういう内容なんだ？」

「そ、それが、読んでないいんです。タイトルをちらっと見かけただけで……」

「お前が読んでない書物があるのか？」

「恐らく、魔導書関係なんだと思います」

魔導書ってのは、簡単に言うと、魔法を覚えられる書物だ。だが、その魔法は便利なモノばかりではないため、一般公開されていない。

理由は簡単。何が起こるか分からないからだ。

魔導書を解読し、その魔法が市民にとって有意義であるかどうかを調べるのも、魔導師の仕事の一つと言えるだろう。

そしてまだ謎の魔法や、解読した結果使わない方がいいと禁じられた魔法の魔導書は、王立図書館の奥の奥に厳重に保管されている。

ただの図書館大好き少女のマディアに、それを読む権限はない。

「……じゃあ、その契約の指輪ってのがなんなのかを知りたいんだが、どの本を調べればいい？」

「そうですね。魔導書関係で契約の指輪ってことは……五三三番、四段目、端から――」

「待って待って」

俺はメモを取り出し、一枚べりっと引き剝《は》がすとペンをマディアに渡す。

それに書いてくれということを理解したマディアは、すらすらと指輪に拘《かか》わる本の場所を書き示していく。

その数――八〇〇冊。

何万とある本の海から、八〇〇冊まで絞ってくれた。

「よし、シューティア。王立図書館へ行ってきて、これらを借りてきてくれ」

シューティアはびっくりした顔で手をわしゃわしゃさせる。

「声、出していいぞ」

「な、なんで私が行くのよ！　その言い方だと、私一人でってことでしょ！」

「俺は王宮には近づけないいんだから仕方ないだろ。これを向こうの司書に見せれば集めてくれるさ。――頼む」

と、俺はメモを渡す。

「……分かったわよ。私抜きで勝手に次の調査行かないでよね」

「このマディアが俺を監視してくれるよ」

「マディアさん！　こいつがここから逃げないように、見張っててね！」

「は、はい……はい？」

マディアはシューティアの言ってる意味が分からないまま、とりあえず返事をした。

シューティアが帰ってくるまで、俺はマディアとのお喋りを楽しんだ。

基本的には、魔王退治の冒険譚《ぼうけんたん》だ。

本の世界しか知らないマディアは、世界中を旅した俺の話を聞くのが好きだと言ってくれた。

だが、俺はマディアほど記憶力がある訳じゃない。だから、思い出したエピソードを少しずつ伝えている。

まあ、今日の話は冒険譚ではなく――ルリの依頼で、俺が現在いかに大変な目に遭っているか、だった。

「――うふふふふ。それは大変ですねぇ」

マディアは口に手を当てて、とても楽しそうに笑った。

「笑いごとじゃねえよ。このままじゃ殺されるか国外追放だ。せっかく夢のカフェのローンも払い終わったのに」

シューティアに勝手に次の調査へ行くなと釘《くぎ》を刺された手前、ここから動くことも出来ずに俺はただただマディアとの会話を楽しんだ。

腹の虫が、そろそろ昼飯だぞと伝えた頃――

「こらあああっ！」

怒声と共に、シューティアが帰ってきた。

「おー、お帰り。ちゃんと全部借りてきたか？」

「借りてきたわよっ！　これ、めちゃめちゃ重いんだけど！　なんで私だけで行かせたのよっ！」

メイド服の背に、かちかち山のタヌキが背負っているような、二宮金次郎《にのみやきんじろう》が背負っているようなあれで、薪《まき》の代わりに大量の本を紐《ひも》で固定して背負っていた。

薪じゃなく、巻ということだな。

「……よく、一人で持ってこられましたね」

「まあ、八〇〇冊とは言え、ただの本だろ？　言うほど重いもんか？」

よっこいせっとシューティアは床に本を下ろす。

その全てがハードカバーで、かなり分厚い本ばかり。

早速俺は席を立ち、紐を解《ほど》いて本を取り出す。

……………重っ！　この本重っ！　一冊三キロぐらいあるんじゃねえかこれ？　ダンベルかってぐらい重い。

これを八〇〇冊……シューティアは重いとは言っていたが、これを背負って普通に走ってここへ来ていたし、息も切れていない。

……バカ力がこんなところで役に立つとはな。

「シューティア。ありがとう。お前じゃなかったら、これ運んで来られなかったろうよ」

「え？　あ、ありがとうなんて言われたら……怒れなくなるじゃないのよ」

シューティアはぽっと顔を赤らめ、視線を逸《そ》らした。

「んっしょ、んっしょ」

マディアは本をテーブルの上へ運んでいく。

「では、私は指輪のイラストが載ってるページを開きますから、カイトーさん、それっぽいのがあったら教えて下さいね」

「OKだ。わざわざすまんね」

「ふふ、いい暇つぶしになります」

そう言って、マディアはページを開く。

全ての本の全ての内容を把握しているマディアは、一発で指輪の絵が描かれたページを開き、俺に見せる。

俺は首を横に振って、「それじゃない」と呟《つぶや》いた。

ページを開いて、確認。

ページを開いて、確認。

ページを開いて、確認。確認、確認、確認。

時間はどんどん過ぎていく。

シューティアもこの面倒臭い作業を手伝ってくれた。

この地道な作業は、夜まで続いた。

あまりにも見つからず、俺はほとほと疲れ果てていた。

もしかしたら、本に載っていない指輪で、今この作業は無駄なことをしているんじゃないか？　とシューティアが何回もぐちぐち言ったが、俺とマディアはそれでも続けた。

これらの本に載っていない指輪となれば、それはそれで少し的は絞れているんだ。

無駄なことなんかじゃない。

そう言い聞かせながら、それっぽい指輪があればキープしてさらに次へ行く。

そして、八〇〇冊全てを、確認し終わった。

シューティアの懸念通り、俺の見た指輪と同じだと言えるモノは見つからなかった。

俺は、似ている指輪の中で一番それっぽかった奴《やつ》が載っている本をもう一度開く。

「似ている指輪は、二五種類ですか……困りましたね」

「ああ、その中でも、これだ。やっぱりこれが近い。全く同じって感じでもないが、これだよ」

「こ、これですか？　やっぱり……困りましたねぇ」

マディアは困惑した様子で聞き返してきた。

「それは、何の指輪なんだ？　俺が見たのは、もっと全面に文字があったんだが」

「カイトーさんが似ているとおっしゃったこの二五種類は、全て同じ目的のときに使う指輪です」

「そうなのか？　じゃあ、なんの指輪なのか、大体の予想は付くってことか」

やっぱり、無駄じゃなかったな。

同じ系統の指輪。

それが分かっただけでも、大収穫だ。

「これらの指輪は――『悪魔との契約』に使う指輪ですね。これより文字が多くて、本に載ってないとなると――上級悪魔との」

「…………最悪の指輪だな、おい」

「はい。まさかテバウさんの研究が、上級悪魔との契約だったなんて」

「ねえね」

引きつるマディアと、頭を抱える俺を見て、シューティアはきょとんとしていた。

「なんだ？」

「アクマって何？」

「………お前、騎士のくせに悪魔を知らないのか？」

「え！　シューティアさんって騎士だったんですかっ！」

「あー、こんな格好で剣も持ってないけど、こいつ騎士なんだわ。で、シューティア。悪魔ってのは、この世界に魔法を授けた、別世界の偉い偉いモンスターのことだ」

「え！　じゃあ良い人じゃん。何が最悪なの？」

「悪魔と契約ってのは、悪魔に何かをお願いして、魔法でなんとかして貰《もら》うってことなんだが――」

「つまり、カイトーは悪魔ってこと？」

「………………まあ、そう言われれば……そうだな」

悪魔は別世界から来たモンスターで、魔法で悩みを解決する。

そういう言い方をすると、確かに俺みたいだ。

「全然違いますっ！　悪魔に払う報酬は、『人の命』なのですからっ！」

「む！　それってどういうこと？」

さすがのアホなシューティアでも、聞き捨てならない単語だったようだ。

「そうだな。シューティア。お前の悩みってなんだ？」

「……もうツーランクぐらい胸が大きければいいなーって」

「それを悪魔に頼むと、恐らく叶《かな》えてくれるが、お前の家族か知り合いが四人ぐらい悪魔に命を狙われることになる」

「えっ！　なんで！」

「悪魔への報酬は、命で払われるからだ。何より質《たち》が悪いのは、勝手に悩みを解決して、勝手に命を徴収していくところ。悪魔のことを知らずに誰かが頼み事なんかしたら、どこで誰が何人死ぬか分からない」

「良くない奴ね！　それは良くない奴だわっ！」

「で、最悪なのは、あの指輪が上級悪魔との契約に使われる指輪だってことだ」

「で、それはどう最悪なの？」

「上級悪魔だったら、難しい願いも叶えてくれる。例えばそうだな。過去に戻りたいとか、若返りたいとか、死んだ人を蘇《よみがえ》らせて欲しいだとか。そして、その願いの大きさ分、人が大量に死ぬこととなる」

「蛇口を捻《ひね》ればオレンジジュースが出るとか？」

「ああ、それも可能だろうな」

「凄《すご》い……」

「お前今、悪魔に会いたいとか思っただろ」

「え！　さすが魔導師っ！」

「だが、上級悪魔の指輪か。なるほど、殺してでも奪いたいわな。倫理観と引き替えにどんな願いも叶えられるんだから」

「うふふふふ」

「どうした？」

「いえ、面白い二人だなーって思っただけです」

「面白いか？」

「……うふふ。いえ、ちょっと表現が違ったかもしれません。私も、そんな風にカイトーさんと話せたらなぁって」

「お前とは、気が合うじゃないか」

「私も、ツッコまれたり、呆《あき》れられたり、色んな表情のカイトーさんを引き出したいです。悪魔にでもお願いしようかなー」

「やめとけ。今のままのお前が好きだから」

「え……あ、ありがとうございます」

マディアはメガネを両手で押さえながら、恥ずかしそうに俯《うつむ》いた。

そんな俺とマディアの顔を交互に見たシューティアは――

「はっ！　今私浮気された気がするっ！」

「……それ、まだ続いてたんだ」

「で、次はどうするの？」

「……そうだな」

「あの、魔導書はもう見つけられたのですか？」

「魔導書？　そうか。魔導書があった」

「本にも載っていない指輪ですから、魔導書がないと」

「契約の指輪を使えない」

　俺とマディアはにっと笑い合った。

「ちょっと！　また私の分からない話してる！　教えて！」

「魔導書っていうのは、言わば説明書なんだ。魔法を覚えるための、魔法を上手《うま》く使うための、な。こんな特殊な指輪を扱おうってんだ。説明書無しでやろうなんて、リスクが高すぎる」

「つまり、こういうこと？　指輪と魔導書っていう二種類のアイテムが揃《そろ》って初めて、悪魔さんにお願いが出来る」

「そういうことだな。で、恐らくその魔導書はテバウ氏がレポートとして提出してるはず」

「王立図書館で厳重管理されてるでしょう」

「……明日は、ディーニアスのおっさんに会いに行かなきゃならないな」

「あ、じゃあ私が行ってこようか？　私だったら図書館の奥も入れるかも」

「そうか。その可能性は高いな。じゃあこの件はシューティアに任せるわ。ディーニアスのおっさんに、これを渡してくれればなんとかしてくれると思う」

俺はメモにすらすらと現状と推理を書き、それをシューティアに渡した。

「分かった。じゃあ行ってくるね！　魔導書は私が確保してみせる！」

「指輪の持ち主が、すでに魔導書を持ってなければ、な」


マディアに礼を言って、俺は一人帰途につく。

ディーニアスのおっさんとシューティアが魔導書を見つけてくれれば、この後手後手の事件で初めて優位に立てるだろう。

魔導書無しに悪魔と契約なんて、普段からやってる奴でもそうそう出来るもんじゃない。

外はすっかり暗くなり、すれ違う人もいない。

誰もいないからこそ、俺は大通りを歩けなかった。

俺しかいないんだから、もし騎士とばったり会ったら終わりだ。

だから、どんどん路地へと入って繁華街を目指した。

静まり返った暗い夜道。

人一人分のスペースしかないような路地をこそこそと進んでいく。

幽霊や強盗が出てもおかしくないな、なんて考えると、急に怖くなってくる。

幽霊が怖いのなんか、何歳になっても、どれだけ強くなっても変わらないな。

なんて思ってたら——

目の前に一人の男が現れた。

黒衣を身に纏《まと》った男。その服装は、テバウ宅で俺とシューティアを襲ったうさぎ仮面の連中と同じモノ。

俺は足を止めた。そして、驚いた。

その男の顔は、俺と全く同じだったからだ。

何の感情も感じ取れない表情。少し違いがあるとすれば、身長が低いかな。

……身長が低い、か。

それで、俺はピンときた。

これは、魔法の力で俺に化けているのだと。

変化《へんげ》の魔法なんて珍しい。人は得意な属性が一つはあって、俺は爆裂系。炎とか雷とかが得意な属性だ。シューティアのような回復魔法を使える奴《やつ》は光とか水とかになる。

シューティアは爆裂系の魔法を使えないだろうし、俺は回復魔法を使えない。といったように、人には向き不向きがある。

で、この変化の魔法の属性は——無。

得意な属性が一つもない奴にしか扱えない。一〇〇万人に一人の貴重な属性だ。

無の魔法使いは、それこそ無の属性魔法以外一切使えない。努力がどうとかじゃなく、そういう風に出来ている。

なんて、考えている暇はなかった。

両手に、ナイフを携えやがったからだ。

……敵、か。テバウ宅で襲ってきた奴らと同じかな？

俺は一歩後ずさる。

ナイフを持って、殺す気でいる相手に、正面から突撃なんてしたくない。

だが、背を見せて逃げるのも危険だ。

となれば、向こうに逃げて貰おう。

この狭い場所で、他人に迷惑の掛からない魔法を考えた結果——

俺は地面に向かって両手から電撃を放った。

灯《あか》りのない路地が、青い光で照らされる。

建物の壁を伝い、屋根まで青い稲妻が走っていく。

………動かない。

「これはサンダークラフトって言ってな——触れれば……死ぬぞ？　そして、このまま睨《にら》み合っていてもその内、人がやってくる。死にたくなければ、そのまま後ろに下がって帰ってくれ」

そこで、脅しの言葉を掛けてみた。

建物と建物の間に、バリバリと電撃が走り、その影響か、俺の髪は逆立っていた。

まるで網を張ったように、縦横無尽に稲妻が走り、俺の周りを囲んでいる。

触らずに攻撃してくることなんか、出来るはずがない。

だが、俺の姿をした奴は——電撃の網の中に突っ込んできた。

すぐ電撃に触れて、バリバリと全身を駆け巡る。

いや、そうなるのは分かるだろうが！　アホかっ！

だが、そいつは、顔色一つ変えずに、さらに一歩踏み出してきた。

アホだ。こいつは、死にたがりのアホだ。

自分なら耐えられるとでも思ったか？
無理だ。ドラゴンか何かじゃなければ耐えられるもんじゃない。
少しでも食らって分かったろ？　このままじゃ、確実に死んじまうって。
ダメージがあるかないか、手応えがあるかどうかなんて、俺には分かるんだよ。
お前は、このダメージに耐えうるような装備や準備をしてきていない。
次の一歩で、死ぬぞ？
そんな俺の動揺など露知らず――
さらに、もう一歩踏み出して来やがった。
「ばっ！　バカ野郎がっ！」
俺は咄嗟《とっさ》に魔法を解いた。
触れるだけでも、常人なら死ぬ可能性があるレベルの魔法だった。
それを食らって、さらに前に出るなんて。
そこはすでに、ナイフでも必殺の間合い。
やっちまった。
もう一度魔法を発動するより早く――喉元にナイフを突き立てられた。
俺は押し倒され、馬乗りになられる。

ナイフは、喉に対して垂直に突き立てられていた。

だが、そのまま突き刺そうとはしてこなかった。

…………そういうことか。

そうしてやっと、俺はこいつのことを理解した。

「やれよ。お前にやられるなら本望だ。サンティー」

俺は諦めたように、目を閉じて言った。

「ど、どうして——どうして分かったのですか？」

「お前のナイフの使い方、独特なんだよ。それにお前は知っていたんだ。俺が『殺さない』ってことをな。でなければ、あのサンダークラフトの中、突っ込んでは来ない。このナイフの使い方をする奴でそのことを知ってる奴は、サンティー、お前ぐらいなもんだ」

「……私が、情報通かもしれないじゃないですか」

「今すぐ殺せばいいのにそれをしない。無言のままだし、何か情報を得たい訳でもない。つまり、殺すのを躊躇《ためら》っている。——ってことは、俺の知り合いの誰かってことになるかなって思ってね」

ぽたり。と何かが顔に当たり、俺はゆっくりと瞼《まぶた》を開いた。

サンティーは、涙を流していた。

ナイフを喉元に突き立てたまま、何故《なぜ》か涙を流していた。

まるでモザイクのように顔がバラバラになり、変化の魔法が解けていく途中だった。

そして、俺の顔だったそいつは、完全に少女の顔に変わっていた。いや、戻っていた。

「わ、私、どうしていいか分からないんです」

「分からない？」

「私は、殺し屋です」

「出会ってすぐ、分かってた」

「殺し屋に必要なモノは一つ。非情になれること。親兄妹《きょうだい》でも恩師でも、殺せるように訓練を積んできたつもりだったのに——今、手が、震えて動かない。あなたを——殺したくない。殺さなきゃいけないのに、それが仕事なのに——どうしても」

「じゃあ、簡単なことだろ」

「簡単なこと？」

「殺し屋辞めちまえ」

俺の言葉に、サンティーはナイフを両手で握り締めた。

「でも、私にはこれしかない。これしか出来ない。これしか居場所がない」

「分かるよ、お前の気持ち。――俺もそうだったんだ。この世界で自分に出来ることは殺すこと。誰かの役に立つためには、誰かに誉《ほ》めて貰《もら》うには、殺すことしかない。それが使命。それが生きる目的。それが、民も神も、みんなが望んでいることだって」

「ええ。そうです。その通りです。私は、人を殺すために生まれてきたのです」

俺がそうやって割り切っていたとき。それ以外考えられなかったとき――

「出来るさ。前にも言ったろう？　お前にだって――殺し以外のことが出来る。それ以外の生き方も出来る。今はまだ出来なくても、絶対に出来るようになる。――辞めてもいいんだよ。好きに生きていいんだ。他人を、上司を、親を、気にせずお前が決めて、自由に生きていいんだ！」

――誰かにこう言って欲しかった。

「…………でも……」

「前に、お前が言ってたじゃねえか。ずっとうちにいてくれるって。居場所はうち。それじゃあ、ダメか？　殺し屋なんか辞めて、カフェ店員になっちまうって道はイヤか？」

「マスター。一緒にいていいの？　あそこに、いてもいいの？」

「当たり前だろ。人は一つのことしか出来ないように、そんな不器用に作られてなんかいないんだよ」

「だって、私は、マスターの大嫌いな、人殺しだったんですよ？」

「だから、辞めちまえばいい」

「でも、私が今までしてきたことは変わらない」

「誰かに言われてやらされたことなら、責任はやらせた奴にある。お前が反省して、今後やらないと誓えばいいんだ。うちの世界ではそういう事例がある」

「嫌いにならないのですか？」

「確かに殺しは大嫌いだが、お前のことは大好きだ。相殺されて、お前のことを嫌いじゃない。殺しを辞めるなら、あれれ？　好きだけが残っちまうな」

「バカマスター」

そしてサンティーは、ナイフから手を放した。

地面に転がったナイフは、暗殺稼業からの引退の意思表示。

アイドルがマイクを置くようなモノだった。

「バカなお前には、バカな俺がちょうどいいだろ？」

「バカ……ばか……う、うわあああああっ」

サンティーは泣きじゃくった。

顔を見られたくないようで、俺の胸に顔を押し当てて泣いた。

だから俺は、優しく頭を抱きかかえた。この声が、俺だけにしか聞こえないように。

こいつが、昔の俺と同じでよかった。

俺が殺しを辞めたがっていた頃、でもやるしかなかった頃――

誰かに言って欲しかったことが同じでよかった。

出来るさ。殺し以外の生活も。

周りがそれを許さなくても、必ず出来る。

出来るはずなんだ。

サンティーが泣き止《や》むまで、俺は何も言わずにただ地面に伏していた。

感情の整理が付いたのか、サンティーは俺の上から退《ど》くと――ナイフを腰のバインダーに仕舞《しま》った。

「取り乱しました。忘れてください。じゃないと、極寒の地にTバック一枚で放置して確実に殺します」

涙を堰《せ》き止めたサンティーの顔は、いつものように凛《りん》としていた。

「その言葉が、今はジョークに聞こえないな」

「……マスター。指輪を渡してください。それさえあれば、暗殺命令も取り下げられるかもしれません」

「指輪？　お前、あの『テバウの指輪』が欲しいのか？」

「私ではなく、依頼者です」

「ちょ、ちょっと待て。お前に似た格好の奴《やつ》にテバウ宅で襲われたんだが、まさかそれも指輪のためか？」

「そうです。テバウがクソマスターに殺されて、指輪の行方が分からず、テバウの家へ向かったところ――」

「俺とシューティアがいた」

「そう聞いています」

「だから、指輪は俺が持っているということか」

「はい。恐らく、クソマスターはテバウを殺すつもりではなかったのでしょう？　事故か何かでうっかり殺《あや》めてしまった。指輪を手に入れたくて――」

「待て待て待て待てーい！」

「はい、待ちます」

「まず、俺はテバウ氏を殺していない」

「気持ち的には、殺してない？」

「気持ち的には――じゃなくて、何にもしてない」

「何にもしてないけど、殺してしまった。つまり事故だったと主張したい？」

「いやいや、だから殺してない。マジで。そして、指輪も持ってない」

「持ってない？　あ、殺して奪ったけど、今は持ってないと」

「今も昨日も持ってない。そもそも俺はテバウ氏と喋《しゃべ》ってすらないんだ」

「亡き者にしたから？」

「してないしてない。死人に口なしってことじゃなくて！　どう言えばいいか。とにかく、俺は指輪を持ってないし、テバウ氏を殺してもいない。濡《ぬ》れ衣《ぎぬ》なんだ」

「本当に？」

「本当に」

「……私は、あなたがどんな悪に染まろうとも、あなたの味方でいますよ？　心配しないで、真実を」

「それは嬉《うれ》しい言葉だが、真実を言っている。俺は、テバウ氏を殺した真犯人を捜すために、現在進行形で頑張ってるところだ」

「じゃあどうして、『あなたを殺して指輪を奪え』って命令が私に出たんですか？」

「その依頼者ってのが、勘違いしてんだよ。俺がテバウ氏を殺したってな」

「本当に？」

「あの日のことから順に話そう。とりあえずカフェに戻りながらさ」

こうして、サンティーと共にカフェへと向かいながら説明する。

テバウ氏を殺し、指輪を奪ったのは俺じゃなく、テバウ氏の名を騙《かた》る男の仕業だと。

「その男が、指輪を――」

サンティーは、割と素直に話を信じてくれた。

というか、信じるまで懇々と訴え続けた。

「ああ、そういうことだ。俺を犯人に仕立てた理由は『他にも指輪を狙ってる奴がいる』からだろう。あー、いやだいやだ。――で、その依頼者ってのは誰なんだ？」

「実行部隊は失敗したときや捕まったときのために、依頼者には会わない。私はただ、仕事をしろと言われただけです」

「銭湯でか」

「どうして、分かったんです？」

「お前と酒場で飲んだ時、お前はこう言ったんだ。『明日は用事がある』ってな」

「……言いましたっけ？」

「まあ、記憶はないかもしれないがな。で、次の日の夜、お前はこう言った。『銭湯に行きましょう』と」

「ええ」

「で、銭湯へ行ったら、お前は一人の男とやけに長く話をしていた。最初はナンパされているのかと思ったが、ナンパだったら今みたいに殺そうとしていたはずだ。お前、そういう男嫌いだろうしな」

「……見られていましたか」

「ああ」

「銭湯で、見知った若い乙女のことをずっと見ていたということですか」

「…………言い方によってはな」

「ドスケベ奥義マスターが。超巨大隕石《いんせき》が直撃して確実に死ねばいいのに」

「まるでスケベの術を全てマスターしているかのような買いかぶり発言はやめよう？　誰かと連絡を取るなら、あそこぐらいしかない。せめてカフェが繁盛してれば客として伝えにも来るだろうが、うちの店なら目立っちまうからな」

「なるほど」

「待てよ。じゃあ昨日、俺の部屋に来てナイフを突き立てたのは、俺がシューティアにいかがわしいことをしようとしたからじゃなく、マジで普通に暗殺に来てたのか？」

「はい。あの時も躊躇《ちゅうちょ》してしまったところ、シューティアに手を払われて失敗しました。……いかがわしいことを、とは？」

「いや、気にするな。ただちょっとだけ触ろうとして腕を失いかけた」

「あ、今なら任務を果たせそうな気がしてきました。殺していいですか？　あ、残念。私は先ほど殺し屋を廃業したばかりでした。命拾いしましたね」

「一つ気になったんだが、お前が殺されかけた相手。――ほら、俺がお前を拾ったときに負けた相手は誰なんだ？　さっきの動きを見るに、そうそう後《おく》れをとるとは思えない」

「さて、誰ですかね。分かりません」

「分からない？　殺そうとした相手なんだろう？」

「あのとき、私は魔導書を狙っていた」

「魔導書？」

俺は眉間にシワを寄せた。嫌なワードだ。かなり嫌な予感がする。

「そう。あのときは、王立図書館から魔導書を盗んでくるというミッションでした」

「殺しだけが仕事じゃないんだな。００７みたいなもんか」

「ぜろ？」

「いや、気にするな。その魔導書はどうしたんだ？　お前、持ってなかったろ」

「奪われた。というより、阻止されました」

「なるほど。失敗した訳だな」

「そして、私が逃げていたところで、あなたに助けられた。初めて、人に助けられた」

「初めて——か」

「そうそう、ほとんどあなたの言う通りですが、一つだけ間違っていたことがあります」

「どれだ？」

「私があのサンダー某《なにがし》の中に入っていったのは、あなたが『私を殺さない』という算段があったからではないです」

「じゃあなんで。あのままじゃ、お前死んでたぞ」

「……あなたに殺された方が、マシだと思ったからです。人の本質は変わりません。人を殺さないと誓っても、必ずあなたはまた殺しをする。そう思っていました。だが、あなたは私を殺さなかった。殺されると思っていたのに、殺さなかった」

「はは、俺の意志の固さ、恐れ入ったか」

「ええ……あなたの下でなら、私も殺しの螺旋《らせん》から抜け出せるかもしれない。そう確信を持てるほどには、恐れ入りました」

こうして俺たちは、カフェへと戻ってきた。

とりあえず俺がコーヒーを淹《い》れて一服したいと言うと、サンティーは一度二階に上がり、メイド服に着替えてやってくる。

「やっぱり、その方が似合ってるね」

「エロマスター。セクハラです。パワーセクハラです。ありとあらゆる吸血動物に血を吸われて確実に死ねばいいのに」

「ハラスメントのレベルを上げないで。マジすいません。——そう言えばさ」

「はい」

「サンティーって絵を描くの上手《うま》かったよな」

「まあ、人並みですが」

「お前に深手を与えるような奴とは出会いたくないからさ、どういう奴だったか似顔絵描いてみてよ」

「似顔絵？　ですか？　上手く描けるか分かりませんが、構いませんよ」

「まあ、適当でいいさ。何日も前だから、それほどはっきりと覚えてないかもだし」

「あの顔は二度と忘れません。私が不覚をとった初めての相手ですから。ちなみに寝ているシューティアが二回目です」

そう言いながら、サンティーは発注伝票の裏にさらさらと似顔絵を描く。

俺は、なんとなく思っていた。もしかしたら、サンティーがやられた事件と、今回の事件に何か繋《つな》がりがあるんじゃないかと。

サンティーが取りに行ったという魔導書が、テバウ氏の魔導書である可能性は、高いと考えていた。

そして今、サンティーの描く似顔絵を見て、それを確信する。

俺は震えていた。

やっぱり、繋がっていた。

そんな気がしたんだ。

「サンティー。こいつだ。こいつなんだよ」

「何がです？」

「こいつが、俺を嵌《は》めた奴さ」

そう、サンティーの描いた似顔絵は、俺が今捜している真犯人。偽テバウ氏だったのだ。

サンティーは驚いた様子で、目をぱちくりさせ、何もコメントしなかった。

俺は思わず、拳を握り締める。

手掛かりは、最初から、事件が起こる前から、握っていたんだ。

サンティーという、手掛かりを。

「………男にも、セクハラを？」

「驚いていた理由それかよ！　してねえよ！　こいつが、指輪を持ってるってことだ」

「あなたとの……結婚指輪？」

「一歩下がるなよ。そうじゃなくて、こいつがテバウ氏を殺して、指輪を俺に捜させた奴《やつ》だってことだ」

と俺が言った時だった。

「カイトーー！　カイトーカイトーカイトーっ！」

ばーん。と思いっきり戸を開いてシューティアが駆け込んできた。

「おう。元気いっぱいだな」

「ヤバイよカイトーっ！　どうしよう！　ディーニアス卿《きょう》が、マズイことになったって急いでカイトーに伝えてって！」

「またセクハラでもしたのですか？」

サンティーはじろりと俺を見る。

「やってねえわっ！　一回もやってねえわ！　………………無かったんだな？　魔導書」

「え？　なんで分かったの？」

「今ちょうど、サンティーとその話をしようとしてたんだ」

サンティーが魔導書を狙っていたときに、偽テバウに阻止された。

つまり、もう魔導書を偽テバウは持っている。

逆だったんだ。

指輪を手に入れて、魔導書も手に入れようじゃなく、魔導書を手に入れたから、指輪を手に入れようとした。

つまり――

「ディーニアス卿が言うにはね。犯人はもう指輪と魔導書持ってるから、いつでも悪魔と契約出来るんじゃないかって。だから、急に沢山の人が消えたり殺されたりするかもって」

ということだな。

「ふむ。でもおかしくないですか？」

サンティーが状況を把握して、むっとした表情を見せた。

「ん？」

「もういつでも願いが叶《かな》う状況にあるのに、何故《なぜ》実行しないのでしょうか？」

「それは恐らく――魔導師じゃないからだ。確実に契約が成功するように、知識を蓄えているのか、あるいはすでに何度か試しているが上手くいってないのか」

「……ふーん。あれ？　その絵」

シューティアが、サンティーの描いた似顔絵を発見した。

「あ、話すと長いが、これはサンティーが――」

俺がなんでこんな絵を描かせたのか説明しようとしたら――


「騎士団長の似顔絵？　なんでそんなの描いてるの？」

シューティアの言葉に、俺は面食らったあと、苦笑いした。

どうやら、真犯人の正体まで判明したようだ。

「騎士団長。そうか。こいつは騎士団長だったのか」

手が震えた。

なるほど、俺を犯人に仕立て上げるのも簡単だったってことだな。

「なんだか、怖い顔してる」

とシューティアに言われ、俺はぱん、と顔を叩《たた》いた。

怖い顔をしている場合じゃない。

考えろ。騎士団長が犯人で間違いないと確信するためにはどうすればいい？

「なあ、サンティー。お前の変化《へんげ》の魔法だが、他人にも掛けられるか？」

「可能です。私は優秀ですので」

「お前が優秀でよかったよ」

「え？　何？　この人、無属性の魔法が使える魔導師様だったの？」

「そうだ。偉い偉い魔導師様だったんだ」

「あ、改めてご機嫌麗しゅうございます。魔導師様」

そう言って、シューティアはスカートをつまみ上げ、パンツを見せた。

純白の、可愛《かわい》らしいパンツだった。

「っつ――」

サンティーは恥ずかしそうに顔を赤らめ、俺を睨《にら》み付ける。

何故俺を見る？

「…………………………あー。あれか」

俺は、なんのことか分からず、記憶を辿《たど》り、そして思い出した。

そう言えば、教えたわ。『魔導師への挨拶』。

さすがサンティー。今のを俺が教えたことだと、すぐに気付いたか。って――

「シューティア。それなんだが」

「ん？」

「その、魔導師への挨拶ではパンツを見せろって話……冗談。ウソなんだ」

「ウソ？」

「ウソ」

見る見る内に、シューティアの顔が赤く染まっていった。

「で、でも！　さっき王宮に帰ったとき、五人ぐらい宮廷魔導師様とすれ違ってこの挨拶したけど、誰も注意してこなかったよ？」

「それは多分……ただ、言えなかっただけだと思う。すまん」

可愛い女子のパンツを見たくない男なんて、そうそういないからな。女性の魔導師にやってれば違うと言ってくれただろうが。

そして、シューティアは摘《つ》まんでいた指を開き、ふわりとスカートが落ち、パンツは隠れてしまった。

「…………ってことは……あのときこれを教えたのは……ただ、私のパンツを見たかったってことなのね？」

「……はい、すいません」

「つまり、やっぱり私のことが好きだったたってことね。ウソまで吐《つ》いて、どうしても見たかった訳だから」

「……あれれぇ。おかしいぞぉ？　どうしてそうなったのかなぁ？」

「下着を見たいなんて、好きという感情以外に何も無いでしょ！　次からは、ちゃんと、面と向かってお願いしなさいよね！　じゃないと見せてあげないから！」

「……あ、頼めば見せてくれるんだ」

「そりゃあ、私はあなたの奥さんになった訳だし」

「……いつの間にっ！」

「あの、盛り上がっているところ、大変申し訳ないのですが」

「どうしたサンティー？」

「先ほどしていないと豪語していたセクハラ。していた、ということでよろしかったでしょうか？　クソゴミマスター」

「…………………そうですね」

「シューティアさん。殴っていいですよ。いえ、殴っておきなさい」

「え？　なんで？」

「それが――仁義というモノですから」

第四章　探偵タルモノ

次の日の朝、俺はコーヒー片手にメモをぱらぱらと見直しながら、新たにメモに書き加えていた。

ここで一旦、事件を整理してみようということだ。

カランコロンカラン――

「いらっしゃいませー」

サンティーの声が聞こえるが、そっちは無視して――

まず、魔導書だ。

サンティーは誰かの依頼で魔導書を手に入れるはずだった。

が、騎士団長とやらに阻止されて重傷を負った。

そして、恐らく、その魔導書は『テバウ氏の魔導書』だ。

魔導書とは、魔法のやり方が記されたモノ。そして、テバウ氏の研究は悪魔との契約。

つまり、その魔導書は、悪魔との契約書ということだろう。

だが、みんながみんな契約出来るモノじゃない。

その契約を行うために必要なモノが、『指輪』だった。

カランコロンカラン――

「いらっしゃいませー」

サンティーの声が聞こえたが、そっちはまだ無視して――

騎士団長はサンティーを撃退し、魔導書を読んだ。そして、テバウ氏の持つ指輪に興味を示し、家に探しに向かう。

そこへ俺がやってきた。元々ルリに依頼していたテバウ氏は、指輪が狙われていることを知っていたんだろう。

騎士団長に見つけられる前に、俺に見つけて欲しかった。

ところが、俺が指輪を見つけてしまったがために、用無しになったテバウ氏は騎士団長に殺され、指輪は騎士団長の元へ。

それらの出来事を隠すために、俺をテバウ氏殺害の犯人に仕立てあげた。

騎士団長なら、有無を言わさず俺を逮捕出来るし、簡単に罪を擦《なす》り付けられるということだろう。

カランコロンカラン――

「いらっしゃいませー」

ここで、俺はもう一つの依頼のことが気になった。

それは、ディーニアスのおっさんからの依頼。

騎士団が、クーデターを企てているということ。

あー、いやだいやだ。

つまり、俺は国家権力の最高峰が犯人だと断定して捜査をしなきゃいけないわけで。

もしかしたら、騎士団全体と戦うことになる可能性が高く、誰も俺の言うことを聞いてくれない可能性も高い。

カランコロンカラン――

「いらっしゃいませー」

「来客多いな！　今日に限っててっ！」

俺は静かにメモをまとめられないことへの苛立《いらだ》ちを声に出してしまっていた。

店内に来ていた男共が、一斉に俺を見る。

今日は、朝っぱらから大繁盛していた。

みんな、食べているモノは同じ。ＢＬＴサンドにカフェオレ。

俺が作り置きしていたコーヒーに、サンティーが牛乳と砂糖をぶち込んで提供していたんだ。

「おいおい、どうしたカイトー。良いじゃねえか。来客が多いのは」

近所の八百屋のおっさんが言う。

「すまん。気にしないでくれ。サンティー、ちょっと」

「はい。ウザマスター。何か？」

「……もしかして、もしかしてなんだが、昨日も俺が出た後盛況だった？」

「はい。騎士の方から貴族の方までいらっしゃってました」

「客が来ることが、レジの中がやけに潤ってると思ったら、やっぱり」

「ああ、お前が来る前まで、この店は閑古鳥しか来なかった」

「でも、この方々は毎日来られているのですか？」

「お前ら、サンティーに気に入られようと嘘《うそ》まで吐《つ》いたのか」

ぼそりと俺が呟《つぶや》くと、男共は全員目を逸《そ》らした。

つまるところ、こいつらの目的はサンティーなんだ。

全く――――計算通りだったなっ！

やはり、メイド服は、メイド喫茶は、こっちの世界でもファンが付く！　見えそうで見えなくて、でもたまに見えるパンツのチラリズムは、やはり世界共通どころか、異世界共通だったのだっ！

「私？」サンティーはきょとんとした表情を見せていた。

「そうだ。やっぱり、お前はここに必要な人間だってことだよ」

「そう、ですか」

そう言って、サンティーは嬉《うれ》しそうに笑った。

そこへ――

「おはよー」

ふあああ、と欠伸《あくび》をしながらシューティアが起きてきた。

寝間着の状態で、髪も寝癖でぴよんぴよんだった。

「お前、夜ぐっすり寝るんだったら、やっぱり家に帰ってよかったんじゃないか？　俺を見張ることも嫁としてのお務めもしてねーじゃねーか」

「んなっ！　ちゃ、んと……見張ってたもん」

「何故《なぜ》目を逸らすんだよ」

「サンティー。カフェオレー」

シューティアは俺の前に座ると、サンティーに注文した。

「畏《かしこ》まりました。あ、コーヒーがもうありませんね」

「じゃあ俺が淹《い》れるわ。ついでに、ストックも作っておこう」

コーヒーは淹れたての淹れたてを飲んで欲しいところだが、カフェオレ用にだったら別に作り置きでもいいだろう。

サイフォンで、コーヒーを淹れる。

「ふふ。嬉しそうですね」

嬉しそう？　俺がか？

「お前の方が嬉しそうじゃねえか。どうかしたか？　サンティー」

「いえ、マスターは誰かのために料理をするのが、お好きなのだなと、そう思っただけです」

そうか。そうだった。心では、揃《そろ》いも揃ってカフェオレばっかり飲みやがってとか。このガキ共がとか。コーヒーの味も香りもどうせ分かんねーだろうなとか。

なんて思っていたが——なんだかんだで、俺は嬉しかったんだ。

この店に。俺の店に、客が来ているという事実が。サンティー目当てだとしても、やっぱりカフェがちゃんと機能しているのが、嬉しかったんだ。

「はい、待たせたな。シューティア」

俺は、テーブルにカフェオレを置いた。

「何このカップ……可愛いじゃん」

白い陶器のカップを見たのは初めてのようで、シューティアはじっと見つめていた。

「いいだろ？　わざわざ取り寄せたんだ」

そう言いながら俺は席に戻り、淹れたてのコーヒーをぐいっと飲む。

シューティアもカフェオレをずずっと音を立ててすすり、「はぁ〜」と至福の吐息を吐いた。

「で……今日はどうするの？」

とシューティアは言う。

とりあえず、俺がやるべきことは——騎士団長に話を聞くことだ。

だが、どうする？

どうすりゃあいい？

王宮へ乗り込めば即逮捕。

騎士団長が犯人だという証拠を持たない俺は処刑されて終了だ。

告発するにしても、誰も信用してはくれないだろう。

「騎士団長を捕まえる」

と、試しにシューティアに言ってみる。

「それは絶対他人のそら似って奴《やつ》よ！　団長が真犯人な訳ないもの！」

ほらな。『何でも信じちゃう』でお馴染《なじ》みのこいつが、信じないぐらい無理な話だ。

「まあ、確かに、似てる別の人物って可能性はまだあるんだが、な」

「そうよ。そうに決まってる。団長はね、この王都を長年守ってきた英雄なの。それも一回じゃない。三回もよ？」

「へえ、そりゃあ凄《すご》いな」

「特に、魔王軍が攻めてきたときなんて、ホント大変だったんだから。結果的には勇者様ご一行が魔王軍を蹴散らしてくれたけど、勇者様たちがこの王都へ辿《たど》り着くまで、何度全滅を覚悟したか。私だって……もうダメだと思うぐらい、この街はめちゃくちゃにされて、私の家も、団長の家もただの瓦礫《がれき》の山になってたし」

「ああ、確かにあの時は大変だったな。……すまん」

このエグドラシルが魔王軍に攻められたとルリに聞かされたとき、俺たちは別の大陸にいた。

急いで高速船に乗って一〇日掛かるところを四日で辿《たど》り着いたんだが、そのときにはもう街はボロボロになっていた。滅ぼされたんじゃないかって心配になるぐらいに、破壊の限りを尽くされていた。

分かりやすいイメージで言うならば、知識を持った巨大な恐竜が一万匹ぐらい群れを成して襲ってきたような大攻勢だった。

俺たちがなんとか撃退したが、もっと早く着いていれば――

「…………なんであんたが謝るのよ」

しまった。シューティアには俺がこの職業をする前に何をしていたのか、教えてなかった。

そして、知られるのも何かと面倒そうなので――

「…………なんとなく」と目を逸らす。

ごす――シューティアは俺の顔面に右ストレートを放った。

「何千人って人が死んだ大事件を、なんとなくで茶化すなっ！」

「そうだな。その通りだ」

「あんな立派な団長が、人を殺す訳ないわよ」

「果たして、本当にそうでしょうか」

接客が一段落ついたのか、サンティーが話に加わった。

「どういうことよ」

シューティアはむっとした表情でサンティーを見る。

「人は、何かを殺さずして生きてはいけない。どれだけ綺麗事《きれいごと》を並べようが、殺すときになれば、誰でも殺すはずです」

「なんてことをっ！」

なるほど、と俺は二人のがやがやを傍観しながらコーヒーを飲む。

育ちのせいなのか、教育のせいなのか、それとも人間関係のせいなのか。

シューティアは性善説の人間なのだ。

ディーニアスがシューティアは何でも信じると言っていたが、そうじゃない。

人の本質は善人だから、『罪を犯していない』という言葉を信じたいんだ。

そして、サンティーは性悪説。

人の本質は悪人だから、俺がどんだけ説明しても、『でもやったんでしょ？』と疑って掛かる。

……俺の意見としては……『どちらも正しい』かな。

善いところしかない人間も、悪いところしかない人間も存在しないと思っている。

そんなことを口にすれば、二人は卑怯《ひきょう》な意見だと思うだろうか。

「どっちにしても、俺は団長と話をしなければならない」

「まあ、話をするぐらいなら。っていうか、私が話してこようか？」

「お前だと、話にならん。色んな意味でな。この目で見て、この耳で聞かないと納得出来ないんだ。だが、問題はどうやって会うか」

「私なら、寝込みを襲います」

と、サンティーが手を挙げる。まあすでに俺も一回襲われてるからな。

「それだと、俺が逮捕される理由をもう一個作ってしまうことになるだろうが。それに、男の寝込みは襲いたくないね」

「……捕縛されればいいのに。ライオンとかに」

「遠回しに死ねと言ってない？　早くしないとクーデターが起こってしまう」

「あ、それでいいんじゃないですか？」

「え？」

「クーデター。起こさせればみんな信じますよ」

「つまり、放っておけってことか？」

「そういうことになりますね」

「それは、出来ないな。助けられるかもしれないのを無視するのは、殺すのと一緒だ」

「そうですか。だから、私も助けた」

「そういうこと」

「本当に、下心なく？」

「ああ」

「やだっ！　カイトーカッコイイ」

急にシューティアの目が輝いた。

「え？　そんな言葉掛けられたこともないから困惑するわ」

「正義を行う男は、カッコイイに決まってるじゃん？　バカなの？　バカなのか？」

「それがカッコイイ奴に掛ける言葉かよ」

「私の目に狂いは無かったってことよね。いい旦那を持ったよ私ぁ。さて、じゃあ着替えてこようかな」

ぐいっとカフェオレを飲み干したシューティアは席を立つ。

「………………う、うん」

俺は、机に手を突いて立ち上がろうとしたシューティアの胸元に視線が行ったのを隠すために、顔を横に向けた。

「嘘《うそ》マスター。下心、表面張力パンパンで、もう溢《あふ》れそうになってますよ」

「何故バレた！」

「目を逸《そ》らしたし、口元を隠そうとしたし、作り笑いをしたし」

「お前、探偵に向いてるよ」

さて、久しぶりに『探偵らしい仕事』が出来そうだったが、俺は渋い顔で鏡を見ていた。

騎士団長が、朝何時に起きて、何時に王宮へ出勤し、昼は何を食べ、誰と会い、そして何時に帰るのか。

そういうライフスタイルを調べれば、必ずどこかで魔導書に目を通す時間があるはず。

魔導書と指輪さえ摑《つか》めば、それでいい。

むしろ、真犯人かどうかより指輪と魔導書を確保する方が大事だろう。

だが、調べるのも容易ではない。

何せ、騎士団長が一番長い時間いる場所は当然王宮であり、俺がほいほい出て行ったらゲームオーバーだ。

そこで、変装することにした。

この世界に写真はない。騎士団の連中で俺の顔をはっきり覚えてる奴は多くはないはずだ。

それでも、やるなら、がらっと変えないと。

ということで、俺は——

女装することになった。

「逆に目立つわ！」

サンティーに仕立てられた格好を鏡で見て、俺は叫んだ。

金髪のカツラ。化粧。そしていつもサンティーに着せているメイド服。

鏡に映っていたのは、どう見ても女装した男でしかなかったからだ。

「似合ってますよ。気持ち悪いですけど」

「どっちだよ！　どういうことなんだよそれ！」

「私は、可愛《かわい》いと思うなー」

「シューティア。何故《なぜ》可愛いと思ってるはずのモノを直視しようとしないんだ？」

「きっと！　来世では可愛くなれるよ！」

「それは可愛いと思っている相手に掛ける言葉として適切か？」

「ふむ。やはり、無理がありましたね。致し方ありません、ここは私の魔法で女性に変化《へんげ》させましょう」

「俺は最初からそのつもりだったのに、なんでこんなことになったんだ？」

「変化の魔法は、簡単に掛けられますが、ひょんなことから解除されてしまうことが多いのでオススメはしません」

「ひょんなことって？」

「表情を少しでも崩せば、魔法は解けます」

「あー、だからか」

シューティアがぽんと手を叩《たた》いて頷《うなず》いた。

「だから？」

「ほら、サンちゃん、普段から表情崩さないから。その魔法を長く維持させるために、普段から特訓してるってことでしょ？」

「サン……ちゃん……」

「今ものすごく表情崩してるけど」

「あだ名を付けられたのは生まれて初めてなので、つい」

「嬉《うれ》しかったんだな」

「お、驚いただけです。彼女の言う通り、私は感情を押し殺す訓練を積んできました」

「にしては、結構色んな表情見てるぞ、俺は」

「あなたが変な人間過ぎるからです。私のことはさておき、さっさと変化させますよ？」

「おう。可愛くしてくれ。お前ぐらいにな」

「……隙あらばセクハラですか……………行きますよ？」

サンティーが俺に手をかざすと、キラキラとした光に包まれた。

そして――なんということでしょう。

俺は、可愛い可愛い美少女に変身してしまった。

「やだ。これが俺？　声もめっちゃ可愛くなってるじゃねーか」

思わず声を出してしまう。

鏡に映った自分が美しすぎたせいだ。ダメだ。にやけてしまう。

そして――俺は元に戻った。

「だから、表情崩すなと言いましたよね？」

「す、すまん。あんなレベルでもダメなのか」

鏡に映った俺を見て笑顔を浮かべただけで、変化が解けてしまった。

「眉間にシワを寄せたり、目を見開いたり、口角を上げすぎたりすれば、即解けてしまいます。繊細なバランスで出来ているモノですから」

「だったら、サンちゃんも一緒に行けばいいんじゃないの？　解ければまた掛ければいいじゃない」

「私は…………店番がありますので」

サンティーは裏の世界の人間だから、警察庁的な所に行くのは抵抗があるんだろう。

「店番があるなら仕方が無いわね」

「シューティア。今の内にお前の騎士衣装持って来てくれ」

「騎士の？　なんで？」

「色々考えたが、やっぱり騎士の格好をして行くのが一番いいと思う」

「その服、可愛いのに」

「目立ちすぎて恥ずかしいんだよ、これは」

「…………目立ちすぎて恥ずかしい衣装を、あなたは私に毎日着せているのですか？」

「……王宮では、ってことで」

「でも、騎士の格好だと逆に怪しまれるかも」

シューティアが腕を組んで、苦言を呈する。

「なんで？」

「この鎧《よろい》を着てる騎士は、みんな顔見知りだから。上位騎士だったら潜入任務とかもあるし、私服だけど」

「なるほど。だが、上位騎士を名乗る方がバレる気がする」

「あ、見習いの騎士も私服だよ。鎧を支給されてないから」

「じゃあ、俺はいつもの黒衣で見習い騎士ってことにすればいいかな」

「……まあ、魔導師から騎士になろうって人も多いし、見習いだったらそれこそ把握出来ない人数だね」

「決まりだな」


こうして、俺はシューティアと共に王宮へと向かった。

サンティーは店番。どうやらうちの店は、俺がいないときの方が繁盛するらしい。なあに、俺が表情を崩さないように注意すればいいだけだ。

簡単簡単。

さて、俺とシューティアは王宮へと入る門の前へ来ていた。

城壁を越えて中へ入る手もなくはないが、目立ちすぎる。やはりここは、門から入らないと。

だが、シューティア曰《いわ》く、中央区から入るこの表門の門番は、二四人体制で警護しているそうだ。さらに、城壁周りを巡回している騎士がうろうろうじゃうじゃ。

王宮には図書館や役所もあるため、毎日、日が昇ってから日が落ちるまでの間、一般開放されている。

それでも、この門を通る人間は、チェックされる。ここを訪れる人物全員。何人来ようが、しっかりと。

そのため、二四人という人数が駐屯している。何故二四人なのかまでは知らないが、まあ不審者が集団で来ても対応出来る人数なのだろう。

「お疲れ様です。騎士のシューティアです」

慣れたように、笑顔でシューティアが声を掛けた。

向こうから声を掛けられるより、こちらから声を掛けに行った方が怪しくないという打算が——ねえんだろうなぁ〜。

「騎士か。そっちは？」

長い槍《やり》を携えた若い男の門番が、じろりと俺を見た。

おいおい、今の俺は美少女のツラをしてるんだぞ。そんな目を向けるなんてどうかしてる。もっとエロい目で見てこいよ。全く美少女甲斐《がい》のない奴《やつ》らだ。

「あ、こっちは私のフィアンセでカイ——えぶっ」

あっさり正体をバラしそうになったシューティアの脇腹を、ぶすっと指で刺した。

驚きで表情が崩れ、変身が解けそうになるところだったのを、なんとか耐えた。

「見習いの騎士ですわ」

「…………よし、通れ」

俺はぺこりと一礼し、シューティアと共に中へと入る。

「シューティア。俺の名前はサンティアにしよう。お前今、俺の名前呼ぶとこだったろ」

俺は段取りを組んでいなかったことを後悔した。普段、探偵業務は単独行動だからな――なんて言い訳は出来ない。命が懸かってるんだ。

「了解」

「あらシューティア。あなた極秘任務に就いたって聞いていたけれど」

通りすがりの、ウェーブな髪のお姉さんに声を掛けられた。

鎧姿にスカートと、シューティアと同じ格好。つまり、騎士だ。

「えっと……今もその任務中です」

「その子は？」

「あ、これはサンティアっていって、私のフィアン――びぐっ」

あっさりと誤解を招きそうだったので、シューティアの脇腹をぶすっと指で刺した。

焦りの表情を浮かべそうになったが、なんとか耐えた。

「後輩の見習い騎士です。ディーニアス卿《きょう》から、シューティアさんと一緒に任務をして経験を積めと言われまして」

「へえー。シューティアに部下が出来たんだー。まあ、シューティア一人じゃ半人前だから、二人で任務に当たるのは当然かもね。じゃ、頑張ってね」

「はい。そちらも」

　素敵なおねーさんを見送って、俺は再度シューティアの脇腹を突き刺した。

「こらシューティア。お前何を考えてんだ」

「えぇー。だって、せっかく出来た旦那さんなんだし、みんなに紹介したいじゃん」

「……いいか。俺はお前の後輩で、一緒に秘密任務に当たっている。それ以外は任務に支障が出るから答えられない。これで行こう」

「えぇー」

「そうだな。俺を紹介したいなら、今回の事件がちゃんと解決したときだよ」

「後でだったら、みんなに言っていい？」

「……………ダメ」

　俺は悩みに悩んで、拒否した。

「カイトーのそのツンデレさ、私好きだよ」

「だから名前を呼ぶなと――」

呆《あき》れる表情を堪《こら》えるのは、かなり大変だった。


城壁に囲まれた王宮内の広さはかなりのモノで、全盛期のベルサイユ宮殿並みだった。と言われてもぴんと来ない人も多いかもな。

王宮に仕えるドジっ子メイドが迷子になって、宮殿に帰る頃には餓死寸前になるレベルだと言えば、大変な広さだと分かって貰《もら》えるだろう。

誰だか分からない銅像を中心にした広場がいくつもあり、それらが並木道で区画分けされている。

目的の場所を誰かに聞けば、『○○の銅像がある広場へ行け』と言われるだろう。

銅像の名前を覚えていないと結局迷子になるから、俺は一人で歩きたくはない。

「ここが、騎士団長がいつも勤めてるところだよ」

と、シューティアが紹介してくれたのは、門を抜けてから歩いて五分ほど東に行ったところだった。

その建物は、俺が通っていた小学校の校舎によく似ていた。

三階建てなところも、入り口の雰囲気も、植木の置き方も。

一応指名手配犯としては、入るのに勇気がいる場所だな。

いや、これがただの学校の校舎でも、招かれていない場所に立ち入るのは抵抗がある。

なんて言ってられないので、俺はシューティアと共に中へ入った。

廊下を進み、階段を上がって、さらに階段を上がる。

「とりあえず、団長が執務室にいるか確認しようか」

という俺の言葉に――

「じゃあ、んー。お茶でも淹《い》れて持っていけばいいんじゃないかな」

と、シューティアが部屋を指さした。

恐らく、ちょうど給湯室があるフロアなのだろう。

シューティアにしては珍しくも良い案を出してきた。

「いい考えだが、さてどうしたものか」

「ん？」

「ちょっとだけ考える時間をくれ」

俺は立ち止まり、唇に握り拳を当てて考える。

「まあ、いいけど」

もしいたとして、もうここで問い詰めるべきか？　いや、それは危険だ。証拠があっても自白が取れたとしても、すぐに騎士を呼ばれて終わる。

では、確信を得るために軽い質問をしてみるか？　リスクは高いが、やる意味はある。

俺だけ入って、顔だけ確認するか？　これもリスクがある。知らない人間が急に入って来たら、警戒する可能性があるからだ。

いや、それともここはシューティアだけに行かせて、いるかどうかの確認だけをするか？　いや、リスクは低いが、得られる情報が少なすぎる。

そもそも、俺はサンティーの似顔絵を見ただけで、偽テバウが団長であるという確証すらまだ得ていない。

少なくとも、そこは確定しなければ。

俺が考えている間に、シューティアは給湯室でお茶を用意していた。

「よし、シューティア。一緒にお茶を持っていこう。誰だと聞かれたら、お前は見習いの俺を案内しているという形にする」

「了解」

「で、お前がこう聞いてくれ。『テバウ氏殺害事件当時、犯人はあの現場にもう一人いたと言われているが、その人物に心当たりはありますか』――と。騎士団長が真犯人なら、知られていないはずの情報に対して、何かしらの感情が表情に出るかもしれない」

「私が聞くの？」

「見たこともない俺が聞くより、リスクが低い」

「了解」

こうして、俺たちは騎士団長の執務室とやらへ向かう。

三階の奥の部屋が、執務室だった。

重厚な扉に、金で出来た取っ手。威圧感のある扉だな。

シューティアも緊張しているのか、ふうと大きく息を吐き、コンコンコンと三回ノックした。

「何用だ？」

声が聞こえてきたが、あの日のあの声かは、まだ分からない。

「シューティアです。お茶をお持ちしました」

「…………入れ」

ガチャ。重い扉をゆっくりと開き、俺とシューティアは足を踏み入れる。

そして俺は、にやける顔を抑えるのに必死だった。

こいつだ。こいつだっ。こいつだっ！

そこにいたのは、紛れもなく、偽テバウ氏だった。

「ご機嫌麗しゅうございます。団長」

スカートを少し摘《つ》まみ上げ、シューティアはお辞儀をする。

「うむ。そちらは？」

「えっと……」

「見習いの騎士でございます。団長殿。ディーニアス卿に言われ、シューティア様の補佐をしております」

俺はシューティアに倣って、黒衣の裾を摘まみ上げて挨拶した。

「なるほど。ディーニアスが極秘任務とやらをシューティアに任せるのは私としても不安だったが、もう一人付けたならば安心だ」

「そう言えば、団長。――噂《うわさ》で聞いたんですが、ほら、魔導師殺害事件の犯人、事件当時、もう一人いたっていうのは報告に上がってきてますか？」

シューティアが早速本題に入る。

俺はじっと団長の顔を見つめていた。

「いや、聞いていない」

団長は、首を横に振った。

「じゃあ、その人物に、心当たりはありますか？」

「知らんな、そんな男は。シューティア、何故《なぜ》私に心当たりがあると？」

「いえ、知らないならそれでいいんです。ほっとしました。それでは失礼します」

シューティアは笑顔を見せたあと、深く頭を下げた。

そして俺も同じように深く頭を下げた後、執務室を出る。

「よかった。やっぱり団長は知らなかったんだね。きっと別人か、今のカイトーのように、団長に化けた偽物だよ」

「いや、奴《やつ》の可能性が高い」

「え？」

「誰も、『男』だなんて言ってないからな」

「…………あっ」

「あいつは知っていたんだ。あの場に、もう一人の男がいたことを」

「で、でも！　二分の一で当たる訳だし、女性より男性の方が犯罪率高いんだから男だと思うのはおかしくない！」

「それもそうだな。まあ、何にしても、見極めるためにまだまだ観察する必要がある」

「……うん。でも、どうするの？　ここで待ってる？」

「いや、ここで待つのは明らかに怪しい。あの部屋にはカーテンが無かった。遠くからあの部屋を覗《のぞ》ける場所を探そう」

「どういうこと？」

「お前、刑事なのに張り込みしたことないのか？」

「刑事？　張り込み？」

「……とにかく、行くぞ」


近くの建物の屋根に登り、遠くから部屋の中をじっと見る。

「まさか、覗き行為だなんてね」

と、シューティアが呆れたように言う。

「俺はただ、高いところから景色を見ているだけだ」

「え？　そうだったの？　なんだ、私はてっきり犯罪行為かと」

屋根の陰に隠れながら、じっと俺は観察を続けた。

シューティアは五分で飽きたようで、空を見たり、歩く人々を見たりしていた。

「シューティア。顔を出すのはいいが、見られないようにな」

そのまま、ただただじっと部屋を見張っていた。

「はーい。はっ！　ヤバイ！　見られるっ！　大丈夫だったかー。はっ！　まずい！　見られるっ！　大丈夫かー」

近くを通る人全員とかくれんぼ。という遊びを楽しんでいるようなので、俺は放っておいて、じっと息を潜めていた。

そのまま、何時間も、何時間もただただ眺めていた。

団長は席を立つことはあったが、手に何も持たずに外に出て、二分と経《た》たずに戻ってくるぐらい。トイレだ。

夕食は騎士が執務室まで運んできていたし、ずっと事務仕事に励んでいるだけだった。

そして――

「動いた。おい、シューティア」

「ふへ？」

寝ているシューティアを叩《たた》き起こし、俺はとうとう屋根から降りる。

「ふあああ。今何時よー」

「深夜一時だ」

「またトイレなんじゃないの？」

団長は何度も部屋を出ているが、すぐに帰ってきた。

「今回は、部屋の灯《あか》りを消しているし、カバンも手にしている。もう、執務室を出るということしか、考えられない」

「じゃあもう家に帰るんじゃないの？　今何時なのよ」

「一時だ。家に帰る通勤ルートを知ることも大事なんだよ」

俺はシューティアと共に、急いで建物の入り口へと向かった。

が、ここで顔を合わせる訳にはいかない。

陰に隠れて、じっと息を潜める。

団長は王宮の庭を抜けて、中央から街へ。

「おかしいな」

「何が？」

「騎士団長ともなれば、貴族街に住んでるもんじゃないのか？」

「まあ、貴族街でしょうね」

「だったら何故中央へ出る？　西だろ？」

「……買い物があるとか？」

「深夜一時に？　どの店も開いていない」

「んー。一番近い門だからじゃないかな」

「……とりあえず、尾行を続けよう」

建物の陰に隠れながら、ゆっくりと歩く団長の後を付ける。

そしてそのまま団長は、街を出た。

「どこへ行くつもりなんだ？」

「農民の出身で、里帰りとか？」

街の外にも、農業や林業を営む人が住んでいる。

そこへ向かうのかと思いきや、西の山へと向かっていく。

「ますますおかしいな」

「何が？」

「西へ向かうなら、尚更《なおさら》貴族街を抜けた方が早い。なんで中央から行く必要があるのか」

「うん。なんだか楽しいね！」

「……楽しいことならいいんだがな」

「ねえ。今なら大声出されても大丈夫だから、話をするならもう話しかけていいんじゃないかな？」

「それなんだが、出来れば魔導書と指輪も確認しておきたい。そうしてやっと、一〇〇％

あいつだと言える。あいつが帰宅するまでは尾行しておきたい」

「なるほどねー。まあ持ってないだろうけど」

「持ってないなら、持ってないと確信したいんだよ」

山奥にどんどん進んでいく団長。

道無き道を進んでくれるので、木々に隠れて尾行は簡単だった。

まあ、音でバレないように結構な距離を取らなければならず、深夜を過ぎた真っ暗闇で何がなんだか全然見えない状態だったが——

「あ、あっち行ったよ」

「フクロウかお前は。よく見えるなこの距離で」

「見えてる訳じゃなくて、こう、葉っぱの音の反響とかで」

「フクロウだったようだな」

シューティアの人間とは思えないような感覚能力で、なんとか追跡していた。

まあ、これ以上近づいたらバレるだろうから、こいつの言う事を信じるしかない。

「それ、団長も出来る芸当なのか？」

「んー、騎士の中でも私だけだったと思う。私が騎士になれたのは、偏《ひとえ》に、この感覚能力が優れていたからなのよ。えっへん」

団長にシューティアと同じ能力が無ければ、あっちからこっちは絶対に見えないはずだ。

「あれ」

突然シューティアが立ち止まった。

「どうした？」

「音が……これ、あれ？　反響の仕方がね。変わったの」

「変わった？」

「あ、多分洞窟か何かに入ったんだ」

「なるほどな」

俺はシューティアの言う事を微塵《みじん》も疑わず、少し歩くペースを上げた。

そして、森を抜けた先に、巨大な崖と、ぽっかり空いた洞穴を見つける。

シューティアの感覚能力は、かなり優秀だってことが分かった。

この洞窟がどれだけの深さで、どこへ通じているのか。

中はどうなっているのか。

もしかしたら、俺たちの尾行に気付いていて、この先に罠《わな》があるなんてことは？

考え出したらキリがない。

中へ入るべきか。それとも出てくるのを待つべきか。

この洞窟が行き止まりで団長が戻ってくるという保証がない以上、中へ入るべきだろうか。トンネルになってて向こう側に出られたら終わりだ。

まあ、そのときはまた明日尾行をすればいいのだが——

さあ、どうする？

「洞窟に入る前にさ」

「なんだ？」

「トイレ行きたい」

「そこらでしてこい」

シューティアはどうやら、中に入る気のようだった。

シューティアの割と長めのトイレ待ちの後、俺たちは洞窟の中へと足を踏み入れた。

ファイアーボールを作り、灯りにして慎重に二〇〇メートルほど進むと、行き止まりだった。

「あ」俺は思わず声を出してしまった。

人が三人ほど並んで歩けるぐらいの道をまっすぐまっすぐ歩くだけで、すぐに二〇畳ほどの空間に出てしまった。

そこは行き止まりで、祭壇のようなモノが設けられていて、団長はそこで魔導書を広げていたのだ。

隠れる場所もクソも無い。

ここまでの尾行が全て無駄になるほどあっさりと――

「貴様ら、何をしている」

見つかってしまった。

「あっはははははっ！」

俺は大きく笑った。堪《こら》えられなかった。サンティーの施した変身魔法が、バラバラに解けていく。

何故《なぜ》かって？　ビンゴだったからさ。

この状況で、もう変装は必要ないと確信したからさ。

団長が指輪を右手の人差し指に嵌《は》めているのを見て、その手に魔導書を持っているのを見て、こいつが偽テバウだと確定したんだから。

「な、何がおかしいっ！」

団長さんは狼狽《うろた》えていた。

まあ、恐らく秘密の場所に、急に可愛《かわい》い女の子が二人やってきて、その内一人が急に大笑いした後に、男になったんだから、そりゃあ警戒もするだろう。

俺だって狼狽《ろうばい》するさ。

「なあ、団長さん。俺の顔、覚えてるか？　覚えてるよな？」

「貴様っ！　くっ……貴様国外へ逃げたはず……何故ここへ——」

これがミステリー小説だったら、二転三転して、実はディーニアスのおっさんが真犯人みたいな展開もあるだろう。

だが、実際は、事件なんてもんは、一番最初に怪しい奴《やつ》が大概そのまま犯人なんだ。

『実は意外な人物が犯人でした』なんて、そうそうあるもんじゃないのさ。

まあ、シューティアにとっては——意外な人物だったんだろうけど。

「団長……嘘《うそ》……全部、カイトーが言った通りだったってこと？」

シューティアは目を丸くして、怯《おび》えたような声を出していた。

「どういうことかな？」

「……団長、本当に、本当に団長が……人を殺したんですかっ！」

シューティアは今まで見せたことがないような表情を浮かべていた。

それは、葬式のときのような、残念そうな表情だった。

「おいおい、シューティア。私がそんなことをする訳がないだろ？」

団長は両手を広げてしれっと言い放つ。

「そ、そうですよね」

なんだ良かったと、シューティアはほっと胸を撫《な》で下ろした。

「騙《だま》されんな。あいつだよ」

「え。でも、団長はしてないって」

「シューティア。私とその男と、どちらを信用する？」

団長はにやけた笑みでそう言った。

俺は、マズイと思った。

俺とシューティアは出会って数日だが、団長とは昔ながらの関係。

蜜月な俺に対して、盤石で蜜実のような関係だ。

「……………………カイトー」

「なっ！　どうして？」

驚いたのは俺も同じだった。

「カイトーは私に言いました。俺に付いてこいと……そして私は一生付いていくと覚悟を決めた。だから、私はカイトーを誰よりも信じます。──彼の、妻なのですからっ！」

……そこまで言われると、いや、別に結婚してないしする予定もないなんて言えないな。

そう言えば、シューティアは言っていた。

『私の愛は重いってよく言われるけど、それでも受け止めてくれるって言ったっ！』

確かに、この思いは重い。

だが、俺は悪い気はしなかった。むしろ、まあ、うん。嬉《うれ》しかった。

「……やむを得んな」

団長は魔導書をパタンと閉じて、祭壇に置くと、腰に携えた剣に手を掛ける。

「団長……」

「ここで二人とも殺すしかなさそうだ」

「自首して下さいっ！」

シューティアも剣を抜いて、構えた。

「出来ぬなっ！」

団長がものすごい速さで距離を詰めてくる。

「シューティアっ！」

俺が間に入って守ろうとしたが——シューティアに体を押された。

「手を出さないでっ！　これは騎士の問題ですっ！」

シューティアは迎え撃つ。

シューティアの剣と、団長の剣がぶつかり合い、ギン、という鉄の音が反響した。

手を出さないでって、これは俺とこいつとの問題でもあるし、新米騎士と騎士団長では実力に差があるんじゃないか？

鍔迫《つばぜ》り合いをしながら、二人はくるくると回転を始めた。

自分の有利な位置、相手の不利な間合いを互いに取ろうとした結果だろう。

魔法で援護しようとしたが、二人が接近しすぎていてそれは難しかった。

剣の達人同士の戦いは、それほど長くないのを俺は知っている。

『一撃が必殺』同士の戦いになるからだ。

今の一合目の打ち合いは、牽制《けんせい》。必殺の一撃を狙う布石に過ぎない。

二人は同時に、相手を押し返すようにして距離を取る。

刹那――一気に距離を詰めて、剣を振る。団長は下からかち上げるように、シューティアは上段から振り下ろすように。

ギン、と二度目の剣戟《けんげき》の音。

二合目を切り結んでるのを見て、俺は察した。

シューティアの方が、圧倒的に強い。

「ば、馬鹿なっ！」

声を荒らげたのは、団長だった。

シューティアの、その小さな身体《からだ》からは想像も出来ないほどのパワーに、団長は吹っ飛ばされてしまった。

ただ弾《はじ》かれるのではなく、よろけるほどの無様な吹っ飛ばされ方。剣も手から落ちていた。

そんな体勢ではシューティアの剣が、団長の肩から腹までばっさりと袈裟懸《けさが》けに切り裂くのは分かっていた。

鎧袖一触《がいしゅういっしょく》。たった二回の攻防で、勝負は決してしまったのだ。

「はあああああっ！」

シューティアが団長へと剣を振るう。

俺の予想通り、袈裟懸けの一撃。

だから俺は、二人の間に入り——団長の頬《ほお》を思いっきり殴り飛ばした。

「ぐっ——」

シューティアに気を取られすぎていた団長は、モロに俺の全力パンチを食らって地面に伏せた。

ぶしゅっと血が飛ぶ。

が、それは団長の血ではない。

間に入ったことで、シューティアの剣は俺の腕を切り裂いていた。

「ご、ごめんなさい！　私……」

俺が間に入ってくるなんて思ってなかったんだろう。シューティアは剣を止められなかったことを後悔しているようだった。

「気にすんな。何も言わずに入って来た俺が悪いんだ」

「でも……どうして……」

「俺は、人殺しが大嫌いだが、見殺しにするのはもっと嫌いなんだ」

「団長はあなたを騙《だま》して！　罪を着せたんでしょっ！」

「それがどうした。そんなことぐらいで――殺すほどのことじゃない」

「……カイトー」

シューティアには理解しがたい考え方だったようで、言葉に詰まっていた。

「お前も刑事……騎士だったら、その場で殺すんじゃなくて、捕まえることを第一に考えろよ」

「だって、自首する気ないって言うから」

「反省する気がなくても、あっちが殺す気でも――まだ殺すほどのことじゃないさ」

「カイトーのようには……なれないよ」

「なれるさ。俺がなれたんだから、な。さて——団長さん。そういう訳だ」

俺はシューティアから団長へ顔を向けた。

だが、団長は俺ではなく、シューティアを見つめていた。

「……まさか、これほどとは……シューティア。お前、今まで本気を出していなかったとでも言うのか？」

あっさり負けたことが、まだ信じられないという感じだった。

何度か手合わせもしたことがあるんだろう。

「はい。上司を圧倒しても、得は無いですし」

「……バケモノめ」

そう呟《つぶや》いて、団長は祭壇に力なくもたれ掛かった。

俺とシューティアに立ち向かっても勝てないと悟ったんだろう。

「自首しろ。諦めるんだ」今度は俺が勧めた。

「少し、話をしようか」

団長はその場にあぐらをかいて、小さく呟いた。

「話？」

シューティアはいつでも斬りかかれるように剣を構える。

今から団長がどう動いても、すぐに殺せるように。

まあ、俺がさせないけどな。

「是非聞きたいもんだね。どうしてこんなことをしたのか。何をしようとしていたのか」

濡《ぬ》れ衣《ぎぬ》を思いっきり頭からつま先まで被《かぶ》せられた俺には、聞く権利がある。

「あれは、王都に魔王軍が攻めてきた時だった。私は騎士団を率いて、迎撃に当たりつつ、市民を城壁内へと避難させていた」

「立派でした」

シューティアが当時のことを述懐する。

「だが、王宮に全員を避難させることは出来なかった。全ての民を受け入れられる広さを持っていたにも拘《かか》わらず、門は途中で閉じられたのだ」

「……そのせいで、奥様は」

「そう。私の妻と子は、取り残されたっ！　そして――魔物共にいとも容易《たやす》く命を奪われたっ！」

「なるほど。だから、あんたは王を、国を恨み、クーデターを計画していたってことか」

「クーデター？　ははは。確かにクーデターとも言えるな」

団長は笑いながら立ち上がり、祭壇にある魔導書を手にした。

「どういうことだ？」

「私はひょんなことから魔導書の存在を知った。これだよ」

「それはこちらに渡して貰《もら》おうか」

「後で持って行くがいい。ここへ置いておく。……悪魔、という存在をお前たちは知っているか？　この魔導書をこの世界に残した、異世界人だ」

「ああ、知ってるよ」

「私も最近聞きました」

「彼らは最初、『神』と呼ばれていた。この世界を作ったのは、恐らく彼らで、この世界は彼らの牧場のようなモノだった」

「牧場……ですか？」

「そうだ。神と呼ばれていた彼らが悪魔と名を変えたのは、彼らが『命を食べるから』だ。その昔、彼らはこの世界を蹂躙《じゅうりん》し、人類はそのほとんどが捕食された。しかし、優しき神の王が、殺すのを止《や》めようと言いだし、彼らはこの世界に現れなくなった」

「どうしてですか？」

「我々が知識と感情を持ったからだ。もしニワトリや牛が涙を流して命乞いをしてきたら、我々だって家畜を解放するだろう。彼らは自然死した命を食べるようになった」

「いい悪魔なんですね」

「ところが、神の王は優し過ぎて、死にたくない人間だけではなく、死にたい人間にも配慮するようになり、作ってはいけないルールを作ってしまった」

「作ってはいけないルール……」

「死の許可を得れば、悪魔が食べに行ってもいいというルールだ」

「死の許可……安楽死みたいなモノですか？」

「そうだ。安楽死のつもりだった。神の王は、死を望んだ人の命を食べた。結果、『死の許可』さえあれば、この世界に食べに行ってもいいというルールが生まれたのだ」

「それも……難しいですが、温情ですよね。やっぱり優しい」

「死の許可がなんとしてでも欲しい悪魔は『契約』というルールを作ってしまった。願いを叶《かな》える代わりに、死の許可を得るというルールだ」

「……契約……ですか」

「そしてこの魔導書には契約の方法、手段、契約の限界が記されている」

「それで団長は何を願ったのです？　まさか――」

「そう、私はこの魔導書と指輪で、――妻と子を生き返らせる…………契約が、今、果たされるっ！」

そう言って団長が両手を広げたとき、洞窟の壁に異変が起こる。

「魔法陣っ！」

突然の異変に、シューティアがキョロキョロと辺りを見回す。

洞窟中の壁に、巨大な魔法陣が、くるくると回転しながら現れた。それも、一つや二つじゃない。数え切れない数の魔法陣が、幾重にも重なっていた。

「なるほどな。話をしていたのは、時間稼ぎだったたってことか」

こいつは、俺たちがここへ到着したとき、すでに契約を終えていたんだ。いや、契約途中だったのかもしれない。今の話は、それが確定するまでの、時間稼ぎ。やってくれたな。

「そうだっ！　契約はすでに発動したっ！　悪魔が、やってくるぞっ！」

「その二人を生き返らせるために、何人の命を犠牲にする気だ」

俺は怒りに目を細めていた。人の命を蘇《よみがえ》らせる願い？　それを叶えるのに、どれだけの犠牲が——

「全員だ」

「全員？」

「王都エグドラシルにいる全ての人間に、『死の許可』を与えたっ！」

俺は、目を丸くして驚いた。

「か、勝手なことをっ！　命乞いすれば殺さないんでしょっ！」

シューティアも怒りに震えていた。今にも剣を振り下ろしそうな勢いだ。

「この指輪を持つ者は、この世界の人間の代表に選ばれ、どんな言葉よりも優先される」

「……なるほど、クーデターの噂《うわさ》を流したのは、テバウ氏かもな。お前を止めるために」

「もう止められんっ！　幾千もの悪魔が溢《あふ》れ、王都を焼き尽くすだろう！」

「止められるさ。悪魔の願いってのはな。チャンスが一度しか無いんだ」

「なんだと？」

「知らなかったようだから教えてやる。悪魔は一度命の回収に失敗すれば、その契約を破棄して諦めるんだよ」

「回収に失敗……貴様は何を言っている！」

「今からやってくる悪魔たちが、命を取れなければ、お前の願いも叶わない」

「ってことは――悪魔を倒してしまえばいいってことね！」

シューティアが笑顔を見せる。

「そういうことだ」

「王都は、騎士が守るっ！　団長がいなくてもっ！」

「あいにくだが、ほとんどの騎士は王都にいない。海外に逃亡した凶悪犯を追ってな」

コナオの裏工作が、裏目に出たってことか。俺を追って、騎士が出払っていると――

そしてとうとう、魔法陣から、悪魔が飛び出した。

それは、悪魔とは名ばかりの、美しい白鳥が如《ごと》き羽根を持った、長身の天使。

ウェーブがかった金髪で、ボインボインなくせにノーブラな、白のワンピースを着た素敵な神の使いだ。

「行かせるかぁっ！」

シューティアが斬りかかる。

「バカ！　やめろシューティアっ！」

もっと早く制止すべきだった。

悪魔が手をかざすと火球が飛び出し、咄嗟《とっさ》に剣で受けたが、シューティアは地面を転がった。

「嘘《うそ》……こんな……強すぎる……」

「ガードしたお前も凄《すご》いけどな」

この世界にある全ての魔法は、この悪魔たちが授けたモノ。

それらが攻撃魔法ばかりなのは、この魔法でさっさと殺し合って下さいということなのだろう。

そして、彼らは本家本元の『魔導師』なのだ。

「無駄だ。この世界の人間では、悪魔に敵《かな》う訳がない」

団長が笑う。まあ、その意見には賛成だけどな。

「やってみなけりゃ分かんないっ！」

シューティアは再度、悪魔に斬りかかった。

だが、悪魔はまた同じ方法でシューティアを吹き飛ばそうとしていた。

「ラムド」

次の瞬間――俺は爆裂魔法で、悪魔を攻撃した。

そうしなきゃ、シューティアがやられると思ったからだ。

ボン、と破裂音が洞窟に反響し、翼を焼かれた悪魔は地に落ちる。

これ一撃じゃあ死んだりはしないだろう。ちょうど確実に気絶するぐらいの、計算された絶妙な一撃だと自負している。

「なっ！　馬鹿なっ！　悪魔を一撃で――太刀打ち出来るはずがない！」

団長が驚きの声を上げた。

「あいにく、俺は『この世界の人間』ではないんでね。太刀打ち出来るんだよ、これが」

「何者だ……貴様っ！　何者なんだっ！」

「前に名刺渡したろう？　俺は——探偵さ」

ラムドをさらに一発ぶちこみ、悪魔は気絶する。

だが次の瞬間——

魔法陣から、悪魔が飛び出した。

今度は一人じゃない。全く同じ外見の悪魔が、次から次へと、まるで思いっきり蛇口を捻《ひね》ったかのような勢いで、どばっと溢れ出してきた。

「ふはははははっ！　阻止出来るものならやってみろ！　お前がどれだけ強くてもこの数は防ぎ切れまい！」

その勢いで巻き起こった風圧に、俺も団長もシューティアも、壁に激突するほど吹っ飛ばされる。

そう言えば言っていたな。『幾千もの悪魔』って。

悪魔たちは俺たちを無視して、洞窟から出ていった。ここで俺たちの相手をしても効率が悪いと判断したんだろう。

参ったな。俺を無視されるのが一番困る。

今すぐ追いかけないと。だが、団長を逃がす訳にもいかないし、シューティアを——

「カイトーっ！　追ってっ！」

シューティアが叫んだ。

俺が呆然《ぼうぜん》と立ち竦《すく》んで考え事をしていたのを知ったのだろう。

「え？　お前は？」

「私はここで少しでも食い止めるから！　カイトーっ！　街を任せるっ！」

「だが、お前一人じゃ……」

シューティアは、悪魔の一匹も倒せなかった。食い止めるも何もない。

「じゃあ、私のこともあいつらにしたような魔法で気絶させてから追って！」

その言葉の意味を、俺はすぐに理解した。

「──昏睡《こんすい》した状態からでも、睡剣は発動するのか？」

寝ているときのシューティアの恐ろしさは、俺が一番よく知っている。

確かに、睡剣状態のシューティアだったら──

「そう。私じゃ、街は救えない。でも、救うための時間なら、稼げると思うから。だから
お願い──助けて。みんなを」

「分かったよ。──ラムド」

そう言って、俺はシューティアに爆裂呪文をぶちかました。

一発で意識を飛ばせるよう、配慮した一撃だ。

するとすぐに、シューティアは再起動した。

ゆらりと立ち上がり、精気の籠もっていない目で俺を見る。

「……ここは任せたぞ、シューティア」

構えも何もない、だらんとした腕から繰り出される、高速の剣。

その剣は、今まで一切通用しなかった悪魔を、一刀両断する。

まるで剣舞を踊っているかのような剣技。

……悪魔を一撃で倒せるほどに強くなるのか。こいつ、魔王退治に参加出来る強さだったんだな。

「………………ラムド」

「ぐはぁっ」

俺は、ついでとばかりに団長にも爆裂呪文を放った。

シューティアよりも強力な奴《やつ》で、着ている服がぼろぼろになり、全身が黒く焦げるぐらいの一撃だ。

こうしておけば、シューティアの睡剣で死ぬこともないだろうし、逃げたりも出来ないだろう。

おっと、シューティアは俺にも斬りかかってくる有様だったので、急いで洞窟を出た。

真っ暗な夜空に、光の球のようなモノが飛んでいる。

小さな月明かりと言うべきか、デカすぎるホタルと言うべきか。

いくつもの光球が街へと向かっていた。

それを追いかけるために、俺も飛んだ。

空を飛ぶ魔法はない。地面を爆発させて、爆風で吹っ飛んだんだ。

悪魔たちを追い越し、俺は逸速《いちはや》く王都の上空へ辿《たど》り着くと——

「サイ・ラムドっ！」

大爆発を起こした。

俺を中心に、大きな爆発。まるで太陽のように煌々《こうこう》と光る爆発だ。

大きな爆発音と光。

これで起きてくれればいい。これで、避難してくれればいい。

そういう俺の思いは伝わったようで、様々な家屋から人が出てきては、悲鳴を上げて王宮へと向かっていく。

「ラムド！　ラムド！　ラムド！」

爆裂魔法で、屋根の端っこを爆裂させる。

それはまるで花火のように見える人もいれば、空襲のように見える人もいるだろう。

住民をパニックに陥れるには、十二分の効果を持っていた。

さあ逃げろ！　逃げ惑え！　とにかく逃げるんだっ！

こういうとき、住民は王宮の城壁の中へと逃げ込むことになっている。

一カ所に集まってくれれば、防衛も少しは容易になるだろう。

「何を、してるんです？」

屋根の上に、一人の少女が立っていた。

いつからそこにいたのか、俺を見上げていた。

すたっと屋根に着地して、少女のところへと駆け足で向かった。

「サンティー？　どうしてここへ？」

そこにいたのは、うちのメイド服を着た、見慣れた少女だった。

「大きな爆発が起こったので、どうせあなたがセクハラでもしているのかと思いまして」

「どういうセクハラなんだよ、それ」

大きな爆発をするセクハラなんか、古今東西、聞いたことがない。

「あれだけの大きな爆発を起こせる人間を、私はあなたしか知らない」

「あれ？　お前俺の魔法知ってたっけ？」

「ファイアーボールを少々。あと、サンダー某《なにがし》を少々。あれだけでも、あなたが並大抵の魔導師でないことは分かりますし、先ほどの大爆発も、並大抵の魔導師の技ではない」

「なるほど。で、どうしてここへ？」

「てっきり、私に救援を求めているのかなと思いまして、馳《は》せ参《さん》じてみたのです」

「逆だ。逃げろ」

「逃げろ？」

「もう間もなく、悪魔がやってくる。このエグドラシルの人間の命を食らうために」

「……ふむ。つまり、あなたは街のみんなが逃げるように発破を掛けたということですか。

言葉通り」

「そういうことだ」

「……で、避難させたあとは、どうするおつもりです？」

「まあ、なんとか穏便に――」

「まさか、悪魔を殺すことすら、躊躇《ためら》っているとか？」

「ああ、俺は、悪魔だって殺したくはない」

「世迷《よま》い言《ごと》ならば、休み休み寝ながら言ってください――アレですか」

サンティーの目が細められたので振り返ると、悪魔たちがやってきていた。

「あなたがやらないなら、私が殺します」

「やめとけ。あれ、めちゃめちゃ強いから」

「寝ているシューティアとどちらが強いのです？」

「そりゃあ、寝てるシューティアだが、あいつらはお前の数倍強い」

そんなことを話していると、悪魔が襲いかかってきた。

洞窟のときとは違い、ここはもう狩り場だ。目に付く魂を全て食らうつもりで、サンティーに襲いかかった。

とん、とサンティーが屋根を蹴り、ジャンプで悪魔を飛び越えた。

そして、サンティーはくるくると回転する。

何回転したのか分からないぐらいの高速回転をしたあと、悪魔はうなじからぶしゅっと真っ赤な血を流しながら屋根の上に倒れた。

「…………お前、強かったんだな」

すたっと着地したサンティーに、ぱちぱちと拍手を送る。

「不覚を取らなければ、シューティアにも負けませんよ」

団長に刺されたってのも、きっと不覚を取ったからなんだろうな。

今の動きを見るに、素《す》のシューティアと互角かそれ以上だ。

悪魔は一体ではない。

次から次へと、サンティー目掛けて急降下をしかけてくる。

サンティーは華麗なステップとジャンプでその攻撃を避《よ》けながら、くるくると回転して、首や心臓をナイフで的確に刺していく。

もう少しゆっくり回転してくれれば、パンツも見られるのに。

見えているのによく見えない。

「ラムド」サンティーの動きを把握した俺は、いつもの魔法で悪魔を撃った。

「援護はいりませんよ。今のは私でも十分捌《さば》ける――」

「いや、俺はこいつを救ったんだ。言ったろ？　殺されるのを見過ごすのも、嫌いだって」と言っても、サンティーの動きが速くて的確だったから、最初の何体かは殺させてしまったがな。

サンティーの動きが分かった今、もうそれもさせない。

「……ほんと、クソマスターですね」

「そう言いたい気持ちも分かるけど――これが俺なんだよ」

殺さずを守りきる。街のみんなも救う。

出来るさ。俺なら、出来るはずだ。

そして、それをサンティーにもして欲しい。

「殺すべき相手は殺すべきです。私は人に言われて殺すべきかどうかも分からない相手を殺すことには嫌気が差していましたが、殺さなくてはならない相手はいるという考えは捨てていません」

堂々巡りなやりとりが開始しそうなそのときだった。

俺がラムドをぶつけて気絶させたと思っていた悪魔が、屋根の上で倒れた状態から火球を放つ。

浅かったんだ。さっきのラムドは調整しきれてなかったんだ。

当然、俺はサンティーを庇《かば》おうとしたが――

逆に、俺の体を押し込んで、サンティーは火球に脇腹を食われた。

そこは奇《く》しくも、初めて出会った時に負っていた傷と同じ場所だった。

「おい、お前どうして！　俺だったら今の攻撃防げたのに」

力が抜けて屋根から落ちそうになったサンティーの体を抱き止める。

「きっかけですよ」

「きっかけ？」

「私が死ねば、あなたはあの悪魔を殺してくれると確信していますから」

「………………お前な」

「それとも、私の命ぐらいでは、足りませんか？」

悪魔たちは、何匹も街に入って来ていた。俺が爆発で外に出したせいで、道行く住民たちが襲われていくのが見える。

ある者は空高くに連れて行かれて落とされたり、カマイタチのような風で切られたり、家屋が破壊されたり――悪魔は好き放題に人を殺し始めていた。

……あー、いやだいやだ。

こんな光景が見たくないから、俺はさっさと逃がしたかったのに。

逃がすという行為ではこうなるって、何故《なぜ》分からなかったのか。

俺は、こんな状況下でも、どこか達観していた。

こんな事態でも、俺なら余裕でなんとか出来ると思っていた。

だが、すでに遅かったんだ。

もっと早く、もっと急いで、もっと真剣に動いていれば――

最初から――悪魔を殺す気でいたならば――サンティーは……街のみんなは――

胸が、きゅっと縮こまるような感覚が襲う。

久しく忘れていた、『ヤバイ』という感情が、全身を硬直させる。

もう、手遅れだ。

もう、一体一体気絶させるなんて悠長なことはしていられない。

だが、俺はもう、『殺す』のは——

「もう一つ、きっかけを与えましょう……私からあなたへ、オーダーです」

「オーダー？」

「この国を、救って。探偵さん」

そう言って、サンティーは笑顔を見せた。

依頼《オーダー》、か。

俺は、そんなサンティーを強く抱き、どくどくと血が流れ出す脇腹を手で押さえながら——呟《つぶや》いた。

「天雷」

見る見る内に暗雲が立ちこめ、そして、雷が落ちてくる。

幾千もの雷光が空を照らし、昼のように空が明るむ。

「なっ——」

サンティーが、目を丸くして驚いた。

眼前全ての空が、幾筋もの雷でストライプ柄になっていたのだから。

「…………お前の、言う通りだったよサンティー」

くるりと振り向き、そこら中で雨の如《ごと》く雷が天から落ち続けている空を見上げる。

次の瞬間、大爆発を起こした。

「何が、ですか？」

「俺は、殺すことを辞められない。何も殺さずにみんなを守れるほど、生きていけるほど、強くはないようだ」

空では爆発がまだ続いていた。

恐らく、近くで爆発したのが誘爆したんだろう。

「綺麗《きれい》ですね。花火のようで」

「綺麗、かな？　俺にはただ眩《まぶ》しいだけに見えるが」

花火というよりは、照明弾を山ほど打ち上げたような風景だった。

太陽のように煌々《こうこう》と光る爆発。雲の向こうにある光は月の明かりのよう。

「……何をどうしたのか、聞かせて貰《もら》えます？」

「俺はただ、あの悪魔共を殺しただけだ。さすがに数が多かったからな。どこにどれだけいるのか分からなかった。だから、天雷を放って場所を特定した」

「テンライ……」

「天雷は、威力が高いが無差別に攻撃する雷の魔法だ。だが、無差別と言っても雷。高い所に落ちる。あいつらはずっと空を飛んでいたからな。全ての天雷が悪魔たちに落ちたはずだ」

「……雷って、爆発するものでしたっけ？」

「爆裂魔法の最上級、テオ・ラムドという魔法を、その特定した場所に一斉発動させた」

「場所を把握したとしても、爆裂魔法の範囲は視認した対象まで。ここから悪魔の姿が見えてないではないですか」

「ああ、だから俺は、天雷を対象にしてテオを放ったんだ」

「……なるほど、確かに、雷は見えていましたね。魔法に魔法をぶつける……そんな使い方をするなんて」

「こういう、多すぎる敵を一斉に始末するのは、慣れてるんでな」

「あなた、本当に何者なのですか？」

「俺は探偵……いや……俺は…………人殺し、だ」

そう。俺は結局なんだかんだ、なれなかったんだ。

殺し以外で人の悩みを解決する、『探偵』に。

殺しも何でもやる魔導師を辞められてなんか、いなかったんだ。

「なれますよ」

サンティーは俺の心の行間まで読んでくれたように呟いた。

「え？」

「探偵。人はそう簡単に変われない。でも、いつかきっと、なりたいモノになれる。そう私に思わせてくれたのは、確かどこぞの探偵さんでした」

それは、俺が誰かに言って欲しかった言葉だった。

半年前も、この世界に来る前も、挫折したときに、自分が自分に問いかけるのではなく、誰かに言って欲しかった言葉だった。

「……サンティー」

「あなたが諦めたら、私はどうすればいいんですか？　殺しますよ？」

それは、別に聞きたくもない言葉だったが、それでも俺は――

「俺は、殺しをしてしまった俺は、探偵を名乗っていていいんだろうか？」

「ええ。問題ありません」

「……っていうか、そもそもお前のせいでもあるんだが」

「……マスター。手を挙げて下さい」

「手？」

「いえーい」

パン。とサンティーはハイタッチをする。

「あなたは、以前私に言いました。人に言われてやったことなら仕方が無い。今回は、私の依頼でやっただけです。責任は私にあり、あなたにはない。あなたは——探偵ですよ」

そうか。サンティーはこの状況になったとき、俺よりも先に気付いていたんだ。

悪魔を殺すことでしか、この状況は打破出来ないと。

だから、俺に殺せ殺せと命令した。

俺はサンティーに言った。

殺しの責任は、当事者より指示した奴《やつ》にあると。

だから、俺が当事者にならないように、自分が責任を背負おうと、あんなに強く殺せと言ってきたんだ。

それが、こいつの俺に対する恩返しだと思って。

…………余計なことを。

でも…………そんなサンティーに、俺は救われた気がした。

「ありがとう。お前がいてくれて、本当に良かった」

「…………で、結局探偵って何でしたっけ？」

「って、なるよな」

エピローグ　ボウケンモノ

カランコロンカラン――

来客を告げるベルが鳴る。

「いらっしゃいませー」

サンティーの熟《こな》れ始めてきた挨拶が出迎えた。

「カイトーカイトーカイト〜」

元気なのか元気じゃないのか、よく分からないテンションで、シューティアが入って来た。

「おはよう」

俺は来客が一般客じゃないことを確認すると、モーニングコーヒーを飲みながら窓の外へと目をやる。

穏やかな波の海と、雲の彼方《かなた》へと飛んでいくカモメ。なんと素敵な朝だろう。

「ちょっと、なんで顔を背けんのよ」

「お前より綺麗な景色だからだ」

「……まあ、そうね」

シューティアは俺の対面に座り、同じく景色を眺める。

「ご注文は？」

サンティーは涼しい顔でシューティアに聞いた。これも、大分熟れてきたな。

「カフェオレ五つ」

…………五つ？

「…………飲み過ぎでは？」

俺とサンティーは同じ表情でシューティアを見た。

「美味《おい》しいんだもの」

にっと白い歯を見せて笑うシューティア。

「畏《かしこ》まりました」

注文が間違いではなく、マジだと分かり、サンティーは下がる。

「あー、俺が持ってこよう」

と立ち上がった俺を、シューティアが手で制した。

「待って。カイトー、私どうすればいいのかな？」

「ん？」

「あの事件の真相を、全て王に報告したら——私、聖騎士の称号を授与されるって」

「へえ。それがどんくらいのモノか分からんが、おめでとう。団長はどうなった？」

「団長は、投獄された後、自害したみたい。悪魔が全員倒されて、契約が果たせなかったから、奥さんもお子さんも、生き返らなかったみたいで」

「そうか」

「……でも、公表された事実は、違ってた」

「というと？」

「カイトーの容疑は晴れたけど、見たこともない、知らない男が真犯人にされてたのよ。団長も、行方不明ってことに」

「あー、そうしたのか」

「そうしたのかって……なんで？　ディーニアス卿《きょう》もカイトーも、どうして悔しくないのよ！　事実がねじ曲げられたのよ！　最高権力にっ！」

「そりゃあ、だって、あの悪魔たちの襲来や、テバウ氏殺害の犯人が騎士団長だったなんて公表したら、騎士団を信用出来なくなる奴らが出てくるからだろ」

「でも、それは！　団長一人がやったことだし、騎士団は関係ないし！」

「国民は、そう思わないだろうという王の判断は正しい。元々から不満を持っている奴は特にな。これを良い機会だと糾弾するさ。そうなったら、治安の維持が難しくなる」

「正しいって――なんなのよ。真実以上に正しいことなんて、ないはずなのに」

「だったら、お前が偉くなるしかないな」

「え？」

「お前が公正公平なまま、お前が純粋なまま、お前が弱者の味方のまま、お前が正義を曲げないまま――権力を持てば良い」

「でも、どうやって――私には無理。無理無理よ」

「受けろよ」

「え？」

「お前の相談は、聖騎士の称号とやらを受け入れると、ねじ曲げられた正義も受け入れることになるから、どうしようってことだろ」

「なんで分かったのよ」

「俺は探偵だからな。相談ごとがなんなのかぐらい、分かるさ。で、受ければいい。ねじ曲げられた正義も、受け入れたことにすればいい」

「……いいのかな」

「変えたいなら、受け入れろ。そして、どんどん功を立てて、どんどん出世しろ。お前が騎士団長になれば、お前の正義を通せるさ」

「ねえ、もしかしてカイトー、怒ってる？　真実が公表されなかったことをさ」

「さあて、ね」

「でも、うん。やっぱりカイトーに相談して良かった。私の欲しかった答えは、ここにあったんだ。でも――私には、事件を解決させる力がない。――手伝ってくれる？」

「楽な奴か、面白い奴ならな」

そこへ、サンティーがやってきた。

表面張力でぷっくりした、カフェオレを持って。

お盆の上にカップ五つ。なみなみのひたひたになったカフェオレは、ほんの少しの衝撃も許さない。

そーっとすり足であっても、びちゃ、びちゃっとお盆を濡《ぬ》らしていた。

「カフェオレです」

机にカップを一つ置いたとき――お盆はバランスを失い、四つのカフェオレがシューティアにぶちまけられた。

「うわっちゃあ！」

シューティアがびっくりして立ち上がる。

熱々のカフェオレを全身にぶちまけられたんだ。びっくりしない奴《やつ》はいないだろう。

「あー、だから俺が運んだ方がいいって思ったんだが」

「嫌がらせかっ！　もうっ！」

「バランスが難しいです」

「すまん、シューティア。今すぐ拭くから」

「え！　二人きりでお風呂に入りたいっ？　だ、ダメよまだっ！　まだダメ！」

「……一文字も合っていない空耳は対処のしようがないな。うちの制服で良ければ、着替えもあるけど」

「ええ！　コスチュームプレイっ！　わ、私はまだっ！　まだダメだからっ！」

シューティアは立ち上がり、後ずさりで店を出て行く。

「………何言ってんだ、あいつ」

「相変わらず、面白い方ですね。彼女は」

サンティーは雑巾を手にしたまま、呆然《ぼうぜん》と呟《つぶや》いた。

追いかける気にもならず、肩を竦《すく》めていると――

「でも、いつか！　いつかだったらしてあげるから！　これ以上重婚しないでね！」

ひょっこり顔だけ覗《のぞ》かせてそう叫ぶと、シューティアは去って行った。

「……なあサンティー」

「はい」

「あいつの中で、俺はもう恋人になっていて、もう結婚していることになっているのは知っていたが、お前とも結婚していることになっているの、知ってたか？」

「いいえ。初耳でした」

「……あいつの頭の中は、シャーロック・ホームズでも解けない謎で埋め尽くされてるのかもしれないな」

「誰です？　それ」

「この世界で言うなら……『名魔導師』さ」


カランコロンカラン――

シューティアが去って行ってから、二時間後。今日二人目の来訪者に、俺は「いらっしゃいませー」とは言えず、むっとした表情で出迎えた。

髪をアップに纏めガキみたいな格好で、大きなリュックを背負った女の子。

『ルリ』だったからだ。

そう、俺に指輪捜しを依頼し、今回の一連の事件を舞い込ませた、大戦犯だ。

「やっほー。相変わらず暇そうねー」

のうのうと、そして飄々《ひょうひょう》と、笑顔で俺のところへやってくると、椅子に腰掛ける。

「暇なのは今だけだ。もうすぐ大勢の客が来る」

「え？　何？　麻薬でも売り始めたの？　全品タダにした？」

「おいルリ」

「何よ」

「お前が持ち込んできた事件、今回も大変だったぞ」

「あ、やっぱり？　あははは……………ごめん」

ルリは素直に両手を合わせて頭を下げた。

「やっぱり……報酬、もう少しこっちへ回してくれ」

「ええー。いいじゃん。生きて帰って来られたならー」

「……………帰って来られたなら？」

「あれ？　行ってきたんじゃないの？」

「どこへ？」

「魔王城跡の『漆黒の火山口』」

「…………お前、指輪捜しって言ったよな？」

「いや、言ってないけど」

俺はメモ帳を取り出して、パラパラとめくる。

そして、文言を見つけた。

「お前は、確かにこう言ったはずだ。『この東の王都からの仕事』だって」

「うん。この王都で、テバウさんって人が依頼者だったでしょ？」

「で、そのあとこう言ったはずだ。『依頼内容は指輪を……なんだったかな。……捜すんじゃないかな』って」

「よく覚えてるねー。多分そういう言い方したと思う」

「お前の言葉は一言一句しっかり把握しないと、おかしなことに巻き込まれ兼ねないからな。ちゃんとメモ取ってるんだよ」

「あはは。抜け目ないねー。さすが探偵さん」

「――お前、依頼内容、詳細まで分かってたな？」

「だって、ちゃんと言ったら、絶対受けてくれないだろうからー」

「……まあ、結果としてもう全部終わったから、教えろよ。本来の依頼内容はなんだったんだ？」

「テバウさんは、悪魔と契約して、どんな願いも叶《かな》えられるような研究をしていた」

「ああ、そのせいで彼は命を落とすことになった」

「え！　テバウさん死んだのっ！　……間に合わなかったのね」

「間に合わなかったとは？」

「テバウさんの依頼内容は、こうよ。悪魔と契約するためには、二つのアイテムが必要で、それは『魔導書』と『指輪』だった」

「それは知ってる」

「まず、テバウさんは魔導書を見つけた。魔導書を見つけたら王立図書館で管理することになっていたから、それに倣って寄贈した。このとき、テバウさんはその魔導書を研究するために、魔導書の内容を写したそうよ。そして、その複写の解読に掛かった」

「テバウ氏の『危ない研究』の始まりか」

「そ。内容を解読したら、大変なモノを拾ってしまったとかなり後悔してたみたい。王立図書館に事情を話して取りに行ったけど、追い返されてしまった」

「王宮側は理由を知っていたのか……いや、もしかしたらその追い返した人物は……」

　騎士団長だったのかもしれないな。と、俺は言葉にしなかった。

　ここで騎士団長の名前を出すとルリが興味を示して脱線しそうだったからだ。

「魔導書は貴重だし、王立図書館の奥の奥で厳重に管理されていたから、凄腕《すごうで》の隠密《おんみつ》部隊に回収を依頼したけど、失敗したそうよ」

「……そうだったのか」

サンティーが酒場の裏で重傷を負っていた件。

魔導書を盗みに行って、失敗したあの件は、テバウ氏の依頼だったんだ。

「テバウさんは、悪魔との契約があまりに危険で、かつ魅力的過ぎたから、研究を破棄することにした。『これは、争いの種にしかならない』って。――魔導書は無理だったけど、もう一つのアイテム、『指輪』を『捨てる場所』を『捜して』欲しかった」

「…………指輪を……………捜す……この間の部分に大分重要な事項が入ってた訳だ」

「そ。で、私は提案したのよ。魔王が住んでいた魔王城の裏手に漆黒色の火山があって、あそこの溶岩だったら悪魔との契約の指輪でも溶けて無くなりますよ――と。そして、その危険な場所に行ける優秀な大魔導師を紹介します――って」

ルリは何故《なぜ》か、誇らしげに語った。

俺は頭を抱えた。

つまり、テバウ氏の本当の依頼。ルリが俺にさせようとしていたのはこういうことだ。

ロード・オブ・ザ・リング、やってこい。

あーいやだいやだ。
俺にはあんな壮大な物語は向いていない。
この街で、ひっそり探偵をしているのが、お似合いなのさ。

あとがき

皆様こんにちは。回転寿司《ずし》にいくとシーサラダやエビアボカドなど、マヨネーズ系を取ってしまう木村《きむら》です。

異世界で探偵をするという今回の物語ですが、俗に言う推理小説のようにするかを最初に悩みました。

物事には、イメージが付きものです。

勇者と言えばドラクエ3の、あの勇者のイメージ。

味噌汁《みそしる》と言えばネギとわかめが入っているイメージ。

まあ個人的には汁物にネギなんか入れんな。三つ葉の味噌汁のところ最高！　なのですが、まあ今はイメージの話。

探偵と言えばどういうイメージがあるでしょうか？

変な名字にダサい名前とか。

麻酔銃を持ち歩いているとか。

行く先々で事件に巻き込まれるとか。

ハワイで親父《おやじ》に色々教わっているとか。

服装に興味がなさそうであるとか。

真実のためなら、犯罪すら厭《いと》わないとか。

名探偵は真実のためなら不法侵入も盗聴盗撮、暴行も何でもやるイメージがあります。

しかし、誤解が無いように一応言っておくと、一般的な探偵は、犯罪のラインを弁《わきま》えています。

盗聴器を仕掛ける場合は、探偵が仕掛けるのではなく、依頼者、家主に『防犯』として付けさせる。みたいな感じで法に触れないよう考えて動いているのです。

ですが、物語の探偵は往々にしてそこまで考えては動きません。

やっぱりそこは、事件現場を荒らしてでも、銃撃戦を繰り広げてでも、真実を泥臭く追っていく。そういうイメージなのです。

色々な場所に転々と現場を巡り、犯人との葛藤や戦いがあり、そして勝利する。

あとやっぱりハードボイルドでいて欲しいですよね。

今回はハードになりすぎない、ライトボイルドな雰囲気を出そうと模索しながらやっていましたが、やっぱり探偵は神宮寺《じんぐうじ》三郎《さぶろう》ぐらいの硬さが欲しいですよねー。

タンテイは、ダンディでないと！

皆さんはこの真実に辿《たど》り着けただろうか。

私はわざわざ転々と現場をーなんて言い方をした。

それは、ただただ、タンテイとダンディが言いたかったからだという真実に——


はい、それでは謝辞を。

この本を手に取って下さった皆様。少しでもニヤっとする場面があったならなーと思いながらいつも書いていますが、どこかでニヤっと出来ましたか？

手に取って貰《もら》うだけでも、感謝感謝の毎日です。

イラストを担当して下さった、イセ川《がわ》ヤスタカさん。

サンドイッチが特に良く描けてると感心しました。ありがとうございます。

担当編集の木田っち。タイトル案、ここまで辿り着くのに色々大変だったな。お疲れ様。

普段は面と向かって言わねーから、ここであえて言ってみました。

この本に拘《かか》わった全ての方に、感謝の意を伝えたいのですが、日本語ではこれ以上の言葉はないと思うので、改めてこの言葉を贈ります。

ありがとう、ございました。

木村心《しん》一《いち》

マスター、ご注文《ちゅうもん》は殲滅《せんめつ》魔法《まほう》だそうです。

カフェのオーナー、実《じつ》は王国最高《おうこくさいこう》の魔導師《まどうし》

著　木村心一《きむらしんいち》

角川スニーカー文庫　21747

2019年8月1日　初版発行

発行者　三坂泰二

発　行　株式会社KADOKAWA
〒102-8177 東京都千代田区富士見2-13-3
電話　0570-002-301（ナビダイヤル）

印刷所　旭印刷株式会社
製本所　株式会社ビルディング・ブックセンター

●お問い合わせ
https://www.kadokawa.co.jp/（「お問い合わせ」へお進みください）
※内容によっては、お答えできない場合があります。
※サポートは日本国内のみとさせていただきます。
※Japanese text only

Printed in Japan　ISBN 978-4-04-108528-8　C0193

★ご意見、ご感想をお送りください★

〒102-8078 東京都千代田区富士見 1-8-19
株式会社KADOKAWA　角川スニーカー文庫編集部気付
「木村心一」先生
「イセ川ヤスタカ」先生

[スニーカー文庫公式サイト] ザ・スニーカーWEB　https://sneakerbunko.jp/

角川文庫発刊に際して

角　川　源　義

第二次世界大戦の敗北は、軍事力の敗北であった以上に、私たちの若い文化力の敗退であった。私たちの文化が戦争に対して如何に無力であり、単なるあだ花に過ぎなかったかを、私たちは身を以て体験し痛感した。西洋近代文化の摂取にとって、明治以後八十年の歳月は決して短かすぎたとは言えない。にもかかわらず、近代文化の伝統を確立し、自由な批判と柔軟な良識に富む文化層として自らを形成することに私たちは失敗して来た。そしてこれは、各層への文化の普及滲透を任務とする出版人の責任でもあった。

一九四五年以来、私たちは再び振出しに戻り、第一歩から踏み出すことを余儀なくされた。これは大きな不幸ではあるが、反面、これまでの混沌・未熟・歪曲の中にあった我が国の文化に秩序と確たる基礎を齎らすためには絶好の機会でもある。角川書店は、このような祖国の文化的危機にあたり、微力をも顧みず再建の礎石たるべき抱負と決意とをもって出発したが、ここに創立以来の念願を果すべく角川文庫を発刊する。これまで刊行されたあらゆる全集叢書文庫類の長所と短所とを検討し、古今東西の不朽の典籍を、良心的編集のもとに、廉価に、そして書架にふさわしい美本として、多くのひとびとに提供しようとする。しかし私たちは徒らに百科全書的な知識のジレッタントを作ることを目的とせず、あくまで祖国の文化に秩序と再建への道を示し、この文庫を角川書店の栄ある事業として、今後永久に継続発展せしめ、学芸と教養との殿堂として大成せんことを期したい。多くの読書子の愛情ある忠言と支持とによって、この希望と抱負とを完遂せしめられんことを願う。

一九四九年五月三日

戦闘員、派遣します！
戦闘員、派遣します！
暁なつめ
NATSUME AKATSUKI
ILLUSTRATION
カカオ・ランタン
KAKAO LANTHANUM
好評発売中！
「このすば」暁なつめが贈る、
変態ヒロインとクズ戦闘員の
世界侵略コメディ！
世界征服を目前にし、更なる侵略地への先兵として派遣された戦闘員六号の行動に『秘密結社キサラギ』の幹部達は頭を悩ませていた。侵略先の神事の言葉を『おちんち○祭』と変更するなど、数々のクズ発言。さらには自らの評価が低いと主張、賃上げを要求する始末。しかし、人類と思しき種族が今まさに魔王軍を名乗る同業者に滅ぼされると伝えられ――。「世界に悪の組織は2つもいらねぇんだよ！」現代兵器を駆使し、新世界進撃がはじまる!!

スニーカー文庫

スニーカー大賞
乍品募集中!!!
イラスト/BUNBUN
大賞
200万円
優秀賞50万円
特別賞20万円
募はWEB&カクヨムにて!
帝切4月1日
細はザ・スニWEBへ
https://sneakerbunko.jp/award/